赵国杰 著

赵国杰诗词集

白碎影

人民东方出版传媒

东方出版社

凡一代有一代之文学，楚之骚，汉之赋，六代之骈语，唐之诗，宋之词，元之曲，皆所谓一代之文学，而后世莫能继焉者也。

——王国维

自 序

一百多年前，王国维先生在其《宋元戏曲考》之自序中，开篇就写道："凡一代有一代之文学：楚之骚，汉之赋，六代之骈语，唐之诗，宋之词，元之曲，皆所谓一代之文学，而后世莫能继焉者也。"由此引文可知，在静安先生看来，"诗即唐文学的样式，词则为宋文学的样式，而曲乃元文学的样式耳！"此论一出，对后继学者影响甚大焉。

陆侃如、冯沅君夫妇于1931年出版了《中国诗史》，基本上依据王国维先生之论断，在宏观把握上并无新建树。在该书中，两位先生在评论唐诗之后，紧接宋词，断无片语述及宋、元、明、清之诗；评论宋词之后，则紧接元曲，再不述及元、明、清之词。

鲁迅先生更进一步。他说："我以为一些好诗，到唐已被做完。此后，倘非能翻出如来掌心之'齐天大圣'，大可不必动手！"谈起他老人家自己，就自嘲道："其实，我于旧诗素未研究，胡说八道而已"，虽"有时也诌几句，自省亦殊可笑"。

胡适先生竟走向了极端。他不仅重申黄遵宪提出的"我手写我口"的主张，而且进一步主张作诗"要不拘格律，不拘平仄，不拘长短"，断言"……律诗决不能容丰富的材料……绝句决不能写精密的观察……七言、五言决不能委婉表达出高深的理想与复杂的感情"。

但是，正如中国"九叶派"诗人中硕果仅存之"一叶"的郑敏先生所云："'五四'的那批人在提倡白话文时并不知道'语言学'，胡适在二三十年代提倡的是'我手写我口'，但是从你口里讲出来的话并非文学语言……

（四十年代）中国的白话诗形式还是很幼稚的……很多白话诗都没法看。"诚哉，斯言！此论，窃以为时至今日，依旧管用。

其实，王国维先生之前的古人另有一番见解。譬如，陈廷焯就认为"然余谓作诗词时，须置身于汉、魏、唐、宋之间，不宜自卑其志。若平时观览，则唐以后诗，元以后词，益我神志，增我才思者，正复不少。"

可惜，这种清醒的声音被一代宗师王国维的论调遮蔽了。

我倒觉得，"在心自为志，发言可为诗"。不过，诗必得与歌乐同体、同根、同源不可；古人吟诗作词，就要寻宫数调，依律寻声，择词与声谐、与意合，达形神兼备之境界方可。就我个人的体会，诗乃一种情绪、感受、体验的真情投入、升华、超越的呈现。简言之，即"我手写我心"。

我坚信：以时代变迁之巨，"泥古"地勒马回缰作旧诗，终不及"求正容变"地"倡今知古双轨行"。因为"时有古今，地有南北，字有变革，音有转移，亦势所必至。"何况，诗词曲绝不只是"言志"、"传情"的，也可以"状景"、"拟声"，甚至"论辩"、"评判"、"叙事"、"唱酬"、"幽默"、"刺讽"、"表演"乃至"宣传"、"鼓动"、"劝谕"、"教化"的，也许仅仅就是"象征"而已的，故人写人异，人读人殊。

从 2012 年起，我暗下决心：先做到每日至少写一首我所谓的"今韵古体诗词曲"，而且"一定要语言浅白通俗，易为大众读者接受；要有点脱俗见解，有些切身感悟；有所新论而不人云亦云。"

我知道，做到这些要比我发表学术论文或出版专著、教材难多了。写作中国古诗词曲真是一件奇妙的事！她散发着神秘的气味，有一点让人感到奇怪和挑战，我很快爱上了她！天假其便，我实现了似梦的心愿，这已经是我的第 6 本诗词集了。

成为一名中国古诗词曲写着玩儿的业余爱好者，吾之愿也！

赵国杰

2015 年 5 月 17 日修订于北京国润商务酒店 1318

目 录

001　清平乐·红线女

红衣白发，
线女红腔洒。
身段"脆头"无形化，
倾倒大师评价。

高音高度峰巅，
随心游刃悠闲。
红豆南国红遍，
荔枝一曲飞天。

002　船行巫峡

遥看黄栌绿间红，一江喧闹碧水东。
千古骚人高唐梦，巫峡自在云雨中。

003　神女峰

船入三峡行，注目大江东。
秋林水寒冽，云烟雨朦胧。
神女应无恙，数问第几峰。

004　山　路

山路逶迤冈短长，逍遥漫步惬意徜。
秋林疏密斑斓景，风送前头淡淡香。

005　漓江水

漓江河段水草密，桂林市区味道腥。
机构解释未污染，枯水季节自生成。
待到春雨来临后，天下一甲符其名。
实际情况怎么样，记者采访悬念生。

《光明日报》记者刘昆采访研究漓江水质已十余年的广西师范大学环境资源学院
实验师周振明后，与通讯员张俊显合作发表了《漓江水质变差了吗?》。

006　白鹿温泉

白鹿神汤沐樱泉，汉皇玉榻丽人湾。
昔日藏娇独尊享，今朝黎庶聚休闲。

007　清平乐·枫桥夜泊

渔灯一盏，
温暖咱双眼。
一段真情枫桥畔，
今夜涛声拍岸。

枫桥夜泊乡愁，
乌啼月落心忧。
依旧涛声缱绻，
浅薄消解优游。

008　清平乐·荒岛血溅荷花

荒凉小岛，
构筑虚情调。
美慧娴淑情欲了，
无法无天拂晓。

深知积木将塌，
假托寄望自杀。
信誓旦夕求梦，
斧头血溅荷花。

　　阅读肖鹰博士专著《形象与生存——审美时代的文化理论》（作家出版社 1996 年版）一书"第四章　先锋与技术"第一节"诗人之死"中的"自然之花的孤岛残梦"那一小节，当读到无望的顾城疯狂地残杀了欲弃他而去的妻子谢烨时，我失去了对顾城残存的最后一点点儿诗意的记忆。

009　秋到白洋淀

芦苇深深舞白花，银鳞嬉水跃小虾。
雾霭依稀炊烟淡，一曲渔歌荡晚霞。

010　长天秋水阴霾中

大才画境机遇生，高阁一赋千古名。
落霞鹜鸟齐飞去，长天秋水阴霾中。

011　巫山小三峡

大宁河谷自奇观，桃花水打乱石滩。
栈道悬棺今犹在，林木幽邈不闻猿。

012　天天开心天天笑

细秧蔓络翠绿娇，螳螂起舞霜刃刀。
西瓜开口天天笑，红心悦目意境高。

赏析村长先生的中国藤蔓画《天天开心　天天笑　每天都有好心情》。

013　藤蔓画

春风得意润雨霁，藤蔓隐约紫云漪。
正看葡萄晶莹绿，突遭十亩瓜馥袭。

　　赏析村长画作《祥气普天下　春风得意时　润雨过后藤已开　正是腾龙驾紫云》、《祥笔飞起舞秋风》、《家有香瓜十亩　如同金山一座》。

014　西柏坡前

昨夜段家楼，今日西柏坡。当年小村里，帷幄运筹歌。
摧枯拉朽战，三载定山河。进京赶考际，谆谆务必说。
耳畔发聩语，心底暗琢磨：六十五年后，做到有几何？

015　武　侯

九州鼎足枭雄立，三分一统蜀吴亡。
鞠躬尽瘁六出者，病入膏肓大智萌。

016　自称"草根"的院士

怪异想法草根提，十八年里遭质疑。
多孔陶瓷骨诱导，世纪成就创新奇。

读《张兴栋：从"怪异想法"到"划时代的医学发现"》（《光明日报》2014年2月10日06版）感怀。

017　虎　符

窃符救赵信陵郎，秦军小挫无大伤。
椎杀老将情急举，逐名智昏嫌隙长。

018　刘禹锡遭际

骚人奉诏返皇城，玄都观里踏歌声。
借诗讽喻莫须有，怒贬播州苦寒风。

019　刘柳情深

游罢玄都观，七绝起祸端。贬谪荒蛮地，老母随行难。
仗义柳子厚，执言请调偏。如此情谊重，孰能不动颜。

020　刘柳情深裴度难

刘柳情深裴度难，热心更赖擅斡旋。
梦得奉母连州任，柳公祠里富遗篇。

021　元白齐名乎

居易少年自聪慧，进士及第廿八岁。
文章诗歌时事合，元白并列元不配！

022　崔护何功节度使

赶考题诗小院门，桃花艳丽映美人。
进士及第何功绩，节度岭南诗意新。

023　清平乐·王翰《凉州词》

豁达豪放，
子羽《凉州》唱。
美酒夜光杯饮畅，
沙场醉乡坦荡。

恃才傲物何羁，
进士本色无移。
自视王侯招嫉，
贬谪病死迁徙。

024　雾霾又浓浓

三环快速浓浓霾，铺天盖地今又来。
老夫不辨回家路，左转…右拐…竟难裁……

025　陶令村饮

陶令好把盏，树林田野边。
对饮渔樵汉，杯内村酿酸。
并非真隐逸，家里本没钱。
试看醉吟饮，哪是在人间！

026　醉吟先生白居易

醉吟墓葬龙门山，为官居易有画船。
良辰美景酩酊醉，朝花夕月拂酒坛。
竹林水榭操琴乐，小岛长廊唱和篇。
世传游人都祭酒，墓前常湿不见干。

027　温庭筠

颠沛绕飞卿，年少有才名。权贵好讥讽，放浪不羁形。
累试未及第，音律词调精。相貌颇丑陋，绮丽写闺情。
八叉花间派，缱绻香艳风。商山重霜月，茅店鸡一鸣。
梦碎惆怅起，板桥马蹄声。哀伤凄楚味，千古名句中。

028　清平乐·爱多士

走廊漫步，
极度孤独苦。
与众不同心因固，
安娜过于呵护？

天生一个神童，
漂泊浪迹平生。
整理证明猜测，
数学天马行空。

读布鲁斯·谢克特的《我的大脑敞开了——天才数学家保罗·爱多士传奇》（上海译文出版社 2002 年版）至一半时的第一感受，第一印象或首因效应。

029　王　维

父辈蒲州籍太原，摩诘及第右丞官。
单车问边出汉塞，大漠孤烟入胡天。
空山新雨秋来晚，长河落日缘清泉。
李杜之外一家立，诗中画乐融融禅。

030　中秋忆太行春

中秋忆太行，隐隐露鹅黄。
二亩三分地，老汉耕牛忙。

早晨起来，头依然很难受。这几天血压极不正常，忽高忽低，高低压差竟会达到

90（mmHg）甚至 100（mmHg）多。静静地斜倚在沙发上，默默地欣赏那幅林宇新先生的大画作《辛卯中秋宇新忆太行》。不由得想起我在河北保定清苑县农村转插队和后来去当时的完县山区扶贫时的一些情景。成中秋忆太行四首。

031　中秋忆太行夏

中秋忆太行，割麦抢扬场。
汗滴贫瘠土，渴盼玉米香。

032　中秋忆太行秋

中秋忆太行，秋收断梦香。
多亏有政府，又拨救济粮。

033　中秋忆太行冬

中秋忆太行，千山雪茫茫。
北房纸窗下，矮凳烟杆长。

034　不合时宜满腹中

峨眉万古云烟浓，云烟笼罩眉山城。
眉山城里荷花放，纱毅巷内天才生。
天才一生依本性，小诗洗儿谑聪明。
颠沛流离捧腹笑，不合时宜满腹中！

035　而今回首已茫然

又是秋寒日暮烟，悠悠不觉卅三年。
涡漩卷曳心思乱，而今回首已茫然。

036　《溪居》拟仿

卅年教鞭束，自此不考核。
迁居铁锅店，体验农家活。
晓揪含露草，夜赶牛粪车。
来往独一己，阴霾也放歌。

037　盆景海棠

一树海棠客厅中，去秋果实依旧红。
今冬改为地采暖，白花绽放绿荫浓。

038　留园香洲

留园设计奇，借字谐音宜。
水榭画舫似，平波翠绿怡。

039　寒雨凄风谢春红

寒雨凄风谢春红，匆匆更惹醉意浓。
莫道胭脂泪不洗，乌夜啼里真挚情。

040　中兴四大家

中兴诗人四大家，尤袤早已没黄沙。
再历千年成大隐，万里放翁绚丽霞。

　　南宋诗人陆游、杨万里、范成大、尤袤四人在当时齐名并称为"中兴四大诗人"。尤袤恐怕在当时就名实难副，故在诗词界圈外早就遭湮没。故谓"中兴四大诗人"，恐不如说"中兴三驾马车"更为确当。不过，再历千年之后呢？

041　春花秋月已然了

春花秋月已然了，往事何必晓多少。
回首不堪却头回，招来御赐牵机草。

042　自古离别伤情切

自古离别伤情切，晓风残月悲歌咽。
酒酣散发赴秦庭，图穷匕现荆轲血。

043　飘逸豪放空谪仙

俊秀潇洒惯周旋，飘逸豪放空谪仙。
隐居欲试终南径，折腰朱门显宦间。

044 天生我才已见用

天生我才已见用，天子请我做翰林。
仰天大笑上船去，轩辕以降我久闻。
出入宫掖献词赋，侍候皇帝阿美人。
喜攀王公达官宴，折腰赠诗事权臣。
起草君言建功业，夜光杯中化浮云。
翰林供奉小摆设，擦澡太监共荣尊。
谪仙一旦洞奥妙，狂放不羁爆发沉。
兴庆宫中敢烂醉，清平调里韵味深。
醒来自知难再混，主动请退保全身。

045 哪觅粪土王侯真清高

斗酒醉挥清平调，醒后准辞去逍遥。
一闻永王平叛逆，直下庐山入幕僚。
欲学谢安苍生济，帷幄谈笑诗意骄。
内讧喧嚣李璘死，太白重罪囚铁牢。
长流夜郎侥幸免，冒名伪荐滑稽糟。
花甲从军雄心秀，残躯老病当涂凋。
摧眉折腰事权贵，哪觅粪土王侯真清高？

046 纳兰甘愿意境平

化用前人彝尊能，纳兰甘愿意境平。
凄婉万种一声叹，即令哀肠欲断中。

047　情真景真任性灵

情真景真任性灵，纯以绝妙白描成。
丽质不须加粉饰，更兼未染汉人风。

048　夜深千帐灯孤寂

观察感会性灵中，新境独造神传情。
夜深千帐灯孤寂，星影摇落大漠空。

049　饮水选梦两情浓

新婚燕尔仅三年，卢氏撒手好突然。
续娶纳妾激情去，魂来神往梦中欢。
饮水选梦两欣赏，才子佳人互惜怜。
孰料半载又惊变，吞泪遗腹返江南。

《饮水词》与《选梦词》分别是才子纳兰性德与乌程才女沈宛刊行面世的作品集。

050　梦回河南

汤阴村小鹏举翼，羑里幽囚享盛名。
夜半画押甜水井，"烧鹅仔"里鼎沸声。

051　米氏云山人倾倒

真草隶篆痛快极，烟树掩映风雨迷。
米氏云山人倾倒，南宫狂傲谦卑集。

052　赤足散发晋风流

行止诡异算计周，正月初一笔墨游。
衣帽旧时唐制度，赤足散发晋风流。

053　拜石癫狂孰可及

濡须太守无为时，玉带官袍拜奇石。
石兄石丈笃情唤，如此癫狂孰可及？

054　柳如是及其《金明池》

秦淮八艳首，倜傥自风流。
如是即爱柳，憔悴蛾眉愁。
幼年遭拐卖，江南名妓收。
身处脂粉地，萧萧南浦囚。
孤影斜阳晚，燕台佳句留。
待客不堪舞，离人心上秋。
水云冷落尽，黄昏月淡楼。
深情共谁语，废墟凄凉游。

055　清平乐·晏殊及其《浣溪沙》

才华横溢，
殿试真宗喜。
要职平章枢密使，
词作清新雅致。

奈何不得花飞，
似曾相识双归。
香径徘徊日暮，
余音旋入空杯。

056　清平乐·林逋及其《山园小梅》

好学勤奋，
恬淡孤高慎。
遍历江淮西湖隐，
长史钦差慰问。

众芳争艳无言，
风情梅鹤山园。
疏影横斜千古，
暗香浮动诗篇。

057　芙蓉楼送辛渐

七绝圣手任江宁，不拘小节行事风。
众口交恶环境劣，一片冰心玉壶中。

058　吉利放声不吉利

山高水深晓星稀，乌鹊南飞匦枝依。
放声乐府乐吉利，周公吐哺我第一。

曹操（155—220 年），字孟德，小名阿瞒、吉利。《短歌行》的确"气魄雄伟，想象丰富，古朴自然，慷慨悲凉"，然也不乏志满骄横狂傲之意。

059　清平乐·柳永《玉蝴蝶》

雨停云断，
望处归航远。
目送秋光萧景晚，
宋玉悲凉情遣。

风轻蘋老斜阳，
月寒梧叶飘黄。
未晓故人何处，
暮天烟水茫茫。

060　《锦瑟》

一首锦瑟人解难，名家强索已惘然。
梦蝶啼鹃自非己，悼亡混沌爱国篇。
珠泪玉烟虚实换，文才朦胧思华年。
诗中意境既深远，细究莫如清茶端。

061　清平乐·杜甫祖父

审言必简，
曾任修文馆。
"四友文章"诗兴晚，
格律五言尤擅。

贬谪流放途中，
湘江独泄悲情。
远逊范公坦荡，
纠结一己枯荣。

杜审言（约645—708年），字必简，祖籍襄阳，后迁居河南巩县。曾任修文馆直学士。与李峤、崔融、苏味道并称"文章四友"，晚年喜诗，尤擅五言律诗，其代表作为《渡湘江》。

062　滕王阁诗不及序

滕王高阁暮雨收，闲云野鹤任春秋。
凭栏才子发浩叹，诗不及序五律优。

063　长城气势运河波

长城气势运河波，泽被后世成定说。
强秦大隋瞬间灭，不止君王暴虐多。

064 清平乐·潘岳

渊源王粲，
作乱族诛惨。
辞藻锦帛舒展绚，
风致俨然薄浅。
《悼亡》三首出名，
清商凛凛凉风。
皎皎窗中圆月，
室虚灵去床空。

潘岳，自安仁，晋荥阳中牟人。累官至黄门侍郎，参与贾谧之乱，被族诛。其最著名者为三首《悼亡诗》。钟嵘将其列为上品，似不当；恐怕连李陵、班姬、王粲、陆机都不宜位列上品；而陶渊明只有被列为上品才是恰当的。此外，曹操似乎也可以列为上品，列入下品明显失当；另一位晋黄门侍郎张协与晋记室左思也被列为上品，恐怕也是大可质疑、商榷的。

065 阮咸自放达

名士好放达，婢女私通之。女孩怀了孕，阮咸守丧时。
姑母强带走，迁移远方栖。挥鞭奋力赶，孝服脱不及。
抢回鲜卑女，相拥共乘驴。众目睽睽下：人种焉可失！

066 唐人七律第一诗

斯人放歌黄鹤楼，李白欲书笔却收。
意得像先灵犀语，烟波江上万古愁。

067　杜甫登高后

永泰元年好友死，杜甫成都再无依。
偕妻带子岷江下，夔州米菜寄人篱。
滔天浪打方天驿，绝粮五日断肠饥。
耒阳县令送酒肉，诗圣侥幸续生机。
潭州折返襄阳去，贫病交加逆风疾。
舟中枕上抒怀奉，三十六韵绝笔诗。
从兹艰难苦恨止，潦倒一生自立稀。

068　八指头陀传奇

读山家境贫，童子放牛身。忽见花满树，风雨落缤纷。
顿悟无常定，剃度入佛门。暂别法华寺，岳阳探至亲。
高楼聚雅士，诗赋集韵分。八指头陀至，默坐独澄心。
下视湖光碧，万顷波动魂。提笔一挥就，举座惊赞神！
究竟写了甚？"洞庭波送一僧人！"

　　八指头陀，俗家姓黄，取名读山。皈依佛门后，法名敬安，号寄禅，自燃其二指供佛，故又称自己为八指头陀。其所作原诗句为："洞庭波送一僧来。"

069　刘　伶

刘伶相貌丑，鹿车随意走。
自己无形藏，狂歌纵情酒。

　　在津保高速公路上，读到广告"刘伶醉——这老东西回来了"时自然就看到黄圣依的武侠扮装。我不知搭错了哪根神经，猛地想起"刘伶这老东西"可是很丑！

070 六一居士的视力

晴空俯瞰唱醉翁，山色焉能有无中？
若非眼花视力差，直取右丞未圆通。

晴空"山色有无中"一句，向来有争议，且多诟病六一居士者。在我看来，这不过是欧阳修直接挪用王维《汉江临眺》中的名句，"江流天地外，山色有无中"罢了。只不过他"送刘仲原甫出守维扬"临别之际口占《朝中措》一词时，情急未能斟酌理顺不圆通而已。

071 马年初夕贺辞多

万马奔腾骙裹先，驽骀不舍可积千。
可记春秋争霸际，老骥识途救齐桓？

072 辞岁又闻爆竹声

爆竹辞岁顿惊魂，规制难易陋习陈。
欲去阴霾换红日，全赖全民更经心。

073 天之风云人之憾

津门三日雾沉沉，春节更思艳阳春。
今日喜得清朗朗，一口羊汤又昏昏。

我一直不吃牛羊肉，不喝牛奶、酸奶、羊奶。不料，今日一口久负盛名的糊辣汤，也把我弄得很难受！

074 浣溪沙·年初一的思念

海战隔绝几代身，
佳节离苦梦惊魂。
探亲互访莫辞频。

满目山河常念远，
天寒地暖我迎春。
钓鱼岛上拒他人。

从初夕夜熬到了甲午年的大年初一，不由地想起了那场痛心疾首的海战。整整120年了，思念更为强烈痛楚。故步韵晏殊之《浣溪沙》试填，以稍减愤懑。

075 收悉清华周老师@贺

浮云一别卅二年，影讯双无梦阑珊。
紫荆园里师生事，学问争辩一醉还。
去夏相逢情真切，彼此笑指疏鬓斑。
借问缘何未漂去？此地神州好河山！

076 过年非得放炮吗

昨夜半宿炮，今日整天尘。
欢乐就一瞬，遗患害何人？

077　惋叹韦应物

少年出任三卫郎，效力玄宗护驾忙。
三州刺史遭罢免，终老佛寺掩行藏。

078　探　月

寒风呼啸胜春潮，枯萎无须叹寂寥。
试看广寒嫦娥女，泪洒红旗分外娇。

079　人肉搜索

花季少女悲剧生，只缘人肉搜索风。
话语霸权倘上手，群体弱势气如虹。

080　北极白狼与白熊

塘沽极地海洋馆，动物安居异象生。
顽皮淘气小熊耍，狼不捕猎美梦中。

081　三杯已无无聊事

魏晋矫情禁饮令，竹林坦荡清谈人。
三杯已无无聊事，斗酒激昂露本真。

082 司空图及其《酒泉子》

隐居王官谷，知非子耐辱。
表圣词品书，从容历千古。
杏花满枝红，旋开顷坠土。
白发叹黄昏，杯酒东风驻！

　　司空图（837—908年），字表圣，今山西虞县人。咸通末年进士，官至中书舍人。隐居中条山王官谷，字号知非子、耐辱居士。著作有《词品》、《司空表圣文集》。词存23首。

083 谁铸华夏魂

范蠡五湖泛，屈子汨罗沉。
成败进退者，谁铸华夏魂？

084 专诸可英豪

觊觎王兄僚，家宴弦歌飘。
血污鱼肠剑，专诸可英豪？

085 左思《三都赋》

齐王聘任辞不就，束身自好事著述。
洛阳一时纸贵之，十年成就三都赋。

086　谒金门·PM2.5究竟为何物

花炮起，
又是三天霾雾。
假日开车神笃注，
切莫行超速。

几载花钱无数，
几载科研好苦。
组份不知凭甚去，
卧龙东风助？

087　郁郁长揖归草庐

左思咏史选两首，累卵羽檄奏皇都。
长啸梦醒清风起，郁郁长揖归草庐。

088　读王维《西施咏》

朝霞越溪浣纱闺，暮霭深宫如意妃？
宠幸怜爱夫差事，心病益重强舒眉。

089　戴叔伦吟《苏溪亭》

自幼聪慧戴叔伦，生活逼仄仕途深。
御史中丞多雅兴，苏溪亭上哀婉吟。

090　浣溪沙·五羊皮

颠沛流离凌辱欺，
蹇叔举荐自无疑。
易之仅用五羊皮。

秦穆争雄何所倚？
德才兼备世无知！
华堂喜泪老夫妻。

091　浣溪沙·李白下终南山过斛斯山人宿置酒

暮下碧山皎月随，
苍苍小径翠微吹。
抵家携手启荆扉。

筵绿青萝幽径入，
欢颜美酒壮歌飞。
星稀曲尽乐无归。

092　吴文英灵岩陪庚幕诸公游

灵岩来何处？银汉落巨星。苍崖高树密，金屋美女空。
残霸宫城里，脂水依稀腥。叶坠革鞮响，吴王醉深宫。
五湖泛舟客，醒悟乐余生。云高自舒卷，日暮归鸟鸣。
琴台今日好把盏，寂寥静穆心远宁。

093　陆游《汉宫春》

平阳猎虎清笳吹，醉墨蛮笺龙蛇飞。
诗情将略人误许，封侯几度梦中追！

094　菩萨蛮·花季跳楼笃堪悲

讲学几度南飞去，
惊闻坠楼十三起。
何事跳高楼？
跳楼娘怒忧！

老娘今后事，
有赖你行止。
不料你停行，
高堂重觅程？

095　读韦应物寄元大校书

归棹沉沉烟雾迷，广陵渐远残钟稀。
今朝一别隔千里，鱼雁绝迹梦灵犀。

096　张　协

张协任侍郎，兄弟誉三张。托病辞朝去，守道属词章。
其文逊兄长，吟诵出高墙。炼字修辞始，巧构拟形长。
胸次高旷绝，诗味恬淡芳。两晋是高手，陶令胜景阳。

097　苏公喜雨谢神

贬谪徐州为使君，转年早旱喜甘霖。
谢雨石潭道上赋，一连五首满院春。

熙宁十年（1077年），苏轼任徐州太守，次春旱后降雨，似为吉兆，故往石潭谢神，路上一连作了五首《浣溪沙》纪贺。但《浣溪沙》若据《钦定词谱》所云："韩淲词有'芍药酴醾满院春'句，（故）名《满院春》……"本诗最后一句即本此。

098　刘桢（1）

刘桢王粲怎排位？众说纷纭品评难。
陈思以下桢独步，论诗此说一家言。

刘桢，汉末东平人，字公干。"建安七子"之一，所作五言诗，当时颇有名望，有诗集四卷，今已失传。其在诗坛上的地位评价不一。钟嵘品评以为："陈思（即陈思王曹植）已下，桢称独步。"胡应麟《诗薮·内编》卷二："建安首称曹、刘。"金代元好问《论诗绝句三十首》之二："曹、刘坐啸虎生风，四海无人角两雄。"

099　刘桢（2）

公干逸气胜才优，五言妙绝建安游。
溢美钟嵘称独步，好问论诗赞曹刘。

100　刘桢（3）

公干溯源抵古诗，意气超拔创新奇。
真骨凌霜搅海隅，大美要害辞采稀。

101　甲午初雪（1）

老友城里来，衣裳雪皑皑。
缘何今日至？同饮送阴霾！

102　甲午初雪（2）

雪大老树白，寒风扫雾霾。
阴郁十日去，五绝唱情怀。

103　陆游《谢池春》

关河梦断诉衷情，铁马冰河静无声。
既笑儒官多自误，可记封侯夜游宫。

104　陆游《诉衷情》

当年万里觅封候，晓雪清笳惊梦游。
心在天山貂裘旧，身老沧洲诗意遒。

105　王昌龄《春宫怨》

汉武巡游霸上还，平阳歌舞尚衣轩。
旧人莫怨恩宠逝，君王自古有情专？

106　浣溪沙·吴文英春日客龟溪游废园

芍药玉兰满院春，
翠微斗草小溪根。
轻移莲步有无痕。

两鬓清霜无奈重，
寒食遥陷万山深。
长亭绿暗梦乡村。

107　"翻疑梦"之饮酒惜别

天秋月满夜色深，江乡客舍遇故人。
不止一人翻疑梦，云阳馆里见韩绅。

司空曙《五律·云阳馆与韩绅宿别》诗中有"乍见'翻疑梦'，相悲各问年"两句，沙灵娜译诗、陈敬容校订的《唐诗三百首全译》在"题解"中指出，这"两句本自杜甫《羌村》诗'夜阑更秉烛，相对如梦寐'翻出"。此论或有理在，不过若稍稍对比一下戴叔伦的《五律·江乡故人偶集客舍》诗，不仅可以看到一模一样的"翻疑梦"，而且两首诗的后六句的结构、情景与意境高度相似，结句都是饮酒惜别，只是用词别样而已。所可惜者，我只知戴叔伦生卒年为732—789年，而不知司空曙的生卒年。然二者皆为大历时人，不会有大差错。更有趣者，李益有《五律·喜见外弟又言别》，司空曙也有《五律·喜见外弟卢纶见宿》。

戴叔伦《五律·江乡故人偶集客舍》诗如下：天秋月又满，城阙夜千重。还作江南会，"翻疑梦"里逢。风枝惊"暗"鹊，露草泣"寒"虫。羁旅长堪"醉"，相留畏晓钟。

司空曙《五律·云阳馆与韩绅宿别》诗如下：故人江海别，几度隔山川。乍见"翻疑梦"，相悲各问年。孤灯"寒"照雨，深竹"暗"浮烟。更有明朝恨，离"杯"惜共传。

108　桂林桃花源旧游

竹桥摇荡隐隐烟，招手笑问小渔船。
灿灿桃花西南去，仙洞可在东北边？

109　相见欢·三顾茅庐隆中对

茅庐三顾心诚，
乐融融！
"请救黎民涂炭倒悬中！"

"取荆益，
鼎足立，
待机生。
两路北伐天下一尊成。"

110　回津门

午夜铃惊梦，无奈我北还。
北上车何处，来自江郎山。

111　一年千首我放歌

务观自诩诗万首，万里唱和两倍多。
而今已然大数据，一年千首我放歌。

112　杨万里

学识渊博诚斋活，反对屈膝抗金国。
一生诗词逾两万，浅白遥深不拘格。

　　杨万里（1127—1206 年），字廷秀，号诚斋，吉州吉水（今江西省吉水县）人，南宋杰出的诗人、词家、政治家。与陆游、范成大、尤袤齐名，并称"中兴四大家"。他是中国历史上作品最多的诗人之一，其最为脍炙人口的诗作似应为那首《晓出净慈寺送林子方》。

113　陆游与杨万里

亘古男儿老放翁，孤剑夜夜龙吟声。
自然万里绘风景，处处江山翘首迎。

　　重读刘崇德先生《南宋时代的风俗画——范成大诗中关于风土民情的描写》对"中兴四大诗人"中的陆游、杨万里有新的认识。（刘崇德：《敝帚集》，河北大学出版社 2001 年版，第 304—317 页。）
　　梁启超先生《读陆放翁集》有云："集中十九从军乐，亘古男儿一放翁"，洋溢着"逆胡未平心未平，孤剑床头铿有声"（陆游《三月十七日夜醉中作》）的激情。杨万里的诗不下 70% 都在描绘自然风光，以致姜夔说他"处处江山怕见君"（《送朝天续集归诚斋》）。

114　范成大《村田乐》里识土风

生于吴中隐吴中，岁暮十事尚乡情。
往来田家采其语，村田乐里识土风。

115　范成大风光田园有苦衷

淳熙丙午沉疴轻，返回石湖老院中。
野外六十诗纪事，风光田园有苦衷。

116　民不诉苦您替诉

君自广西入川蜀，一路风光吴船录。
西征小集百首诗，民不诉苦您替诉。

正如刘崇德先生所写："南宋诗人中，官位显达的当莫过于范成大，而他却能经常关心被残酷剥削的农民，贫困致病的劳动妇女，身陷异邦（原书为'帮'，当是'邦'之误）渴念祖国的父老，以至高墙之外的沿街叫卖的市井细民，并且唱出'汝不能诗替汝吟'的诗句，确实是了不起的。"（刘崇德：《敝帚集》，河北大学出版社 2001 年版，第 317 页）该诗如下：

忧渴焦山幽海深，贪渠刀蜜坐成禽。一身冒雪浑家暖，汝不能诗替汝吟！

(1)《雪中闻墙外鱼菜者，求售之声甚苦，有感三绝（其二）》。

(2)《西征小集》也是范成大在"舟车鞍马之间有诗百余篇"而编成的诗集，陆游为其作《范石湖西征小集序》。

117　《江城子》缘何赞孙郎

倾巢万骑卷平冈，射虎孙郎骡骊伤。
情急孤注双戟掷，兽王缘何就落荒？

118 《江城子·密州出猎》确否

密州出猎何时作？港人质疑立异说。
教授辩难细考辨，徐州壮士顿足歌。

参阅河北大学刘崇德教授《苏轼：〈江城子·猎词〉编年考辨》（刘崇德：《敝帚集》，河北大学出版社 2001 年版，第 225—240 页）一文。

119 燕北寒冬

燕北寒冬苦涩黄，天籁异趣鲜绿昂。
海棠繁花绽放后，两株葡萄藤蔓长。

120 晏子二桃杀三士

史上二桃杀三士，不是大话非戏说。
三士有罪当死否，蜜桃能指所指何？

121 三士热血汇成河

三士热血汇成河，美誉晏子后患多。
梁父吟唱传后世，武侯遗嘱陷前辙。

122 凛凛三士血泊中

凛凛三士血泊中，千古耻笑绝古风！
荣誉鸿毛活着好，狗苟蝇营乐融融。

123 红袖出资葬柳永

漫道秦楼逢场戏，灯红酒绿无真意。
试看出殡葬柳七，捐资置柩花枝聚。

124 叶绍翁游园不值

嗣宗隐逸钱塘境，弃官酬唱西湖景。
好一派春色满园，关不住一枝红杏。

　叶绍翁，字嗣宗，号靖逸，祖籍建安（今福建建瓯）。本姓李，后嗣于龙泉（今属浙江）叶氏。他是南宋中期（1200年前后）诗人，生卒年与仕历不详，只知他弃官后长期隐居西湖之滨。他的诗以七绝为最佳，代表作是那首脍炙人口的《游园不值》：
　应怜屐齿印苍苔，小扣柴扉久不开。满园春色关不住，一枝红杏出墙来。

125 何谓中国诗

心游万仞思，主客交互中。思绪起情感，感发意向生。
情意化歌咏，真挚撄心胸。华声韵悦耳，谐美意境融。

126 诗乃真情之歌也

缪斯本非神，只是性情人。喜怒哀乐怨，气息传意真。
口吻谐音韵，灵犀震颤魂。句式整合后，低吟高歌纯。
诗词范式律，曲子衬字村。巴人起下里，白雪化阳春。
古诗何处去？不必瞎操心。诗自与时进，我正踏歌寻！

127　诗歌之译者只管老老实实翻译就好

> 译者吸吮文，字面用工勤。
> 阐释与思索，交给读者群。

128　可遇却不可去追求"误读导致的美丽"

> 波德赖尔译英伦，错误不可救药沉。
> 失神入化母语美，脱靶中的震撼心。

　　阅读王国平先生的文章《诗歌翻译，"弄巧成拙"或是"美丽的误读"？》（《光明日报》2013 年 11 月 06 日 09 版）中的"'不可救药的错'反而产生了令人震撼的诗"这一小节后有感而戏作。

　　按惯例法国诗人的汉译是"波德莱尔"，倘若有重音，加之为了平仄，我改了一个字，写成了"波德赖尔"；他既然是误读，就只好将"出神入化"改一个字，用"失神入化"来形容；将原文中的"歪打正着"换用"脱靶中的"来刻画，是记得有位射击运动员在某届奥运赛场上的最后一枪脱靶，竟击中旁边中国运动员的靶子，"脱己靶而中他者之靶"而痛失冠军，堪称奇迹。

129　墨西哥诗人翻译杜甫《春望》回译

> 诗不可译莫推陈，帕斯春望献族人。
> 语言生动回汉译，唐诗突兀现代魂。

　　据北京师范大学文学院教授、诗人任洪渊在"诗与思：中法诗人对谈"活动中的介绍获悉：墨西哥诗人帕斯曾"以生动的语言翻译过杜甫的代表作《春望》，后来又被回译成汉语"。在这个过程中，杜甫被"重新解读，读出了现代精神，'给古典的汉语诗歌注入了现代的生命活力'。"

　　诗是诗，译诗是译诗，二者极难统一，更别说一致了。因为，诗歌语言的多义性、诗歌话语的象征性、诗歌意境的朦胧暗示性，已经导致了"诗无达诂"，又何谈"诗可译"哉！因此，杜诗《春望》的帕斯之译，尤其是又被回译，必将成为诗歌翻译史上的一桩逸趣之事，颇值得记录。杜甫的《春望》原作如下："国破山河在，城春草木深。感时花溅泪，恨别鸟惊心。烽火连三月，家书抵万金。白头搔更短，浑欲不胜簪。"重又回译成汉语的《春望》如下："帝国已然破败，唯有山河在／三月的绿色海洋，覆盖了街道和广场／艰难时世，泪洒花间／天上的飞鸟盘旋着人世的别情／塔楼与垛堞倾诉着火的言语／家人的书信堪抵万金／搔首时，才觉细细的别针／别不住稀疏的白发。"阅读之后，除呜呼而已之外，有两句不吐则如骨在喉："(1) 不知道唐代之际，'簪'如何发音，倘依今韵，回译'别针'倒是比杜诗叶韵；只是能吟成'浑欲不别针'或诸如此类的含有'别针'的咏叹吗？(2) 将虚指战火之长的'三月'做实去修饰界定'城春草木深'中的'春'，还有杜诗的气息与韵味吗？"

130　东坡和陶诗（1）

东坡和陶诗，禅悦本色成。
合离神似否，谁可与言明？

131　东坡和陶诗（2）

年届六十三，北归已断念。唯有陶令集，一册朝夕伴。
欣欣共鸣之，吟唱吐凄惋。华堂麋鹿姿，唯此苏公辨！

132　王进点拨九纹龙

史家庄里暂避仇，点拨顽劣赖运筹。
光阴荏苒半年后，精进不输豹子头？

133　伴登临·大江东去

周郎谈笑风生起，
大火冲天。
大火冲天，
樯橹灰飞浓烈烟。

大江东去浪淘尽，
故垒西边。
故垒西边，
江月清光缺复圆。

134　宋　玉

宋玉楚国乡居贫，际遇襄王传说神。
九辩招魂虽可考，高唐神女未必真。
叠韵叠字九辩显，虽近离骚有创新。
招魂描写淋漓致，堆砌瑕疵味厚醇。
但愿诸公切切记：史记欲招屈子魂。

135　没叫花和尚之前

李忠不豁达，气煞鲁提辖。
推跌复恶骂，凶蛮是义侠？

136　恃强凌弱提辖怒

酒楼弱女泪唏嘘，哀怨无奈镇关西。
恃强凌弱提辖怒，一跃欲去杀那厮。

137　敢问桥下镇关西

状元桥下镇关西，只是杀猪卖肉人。
缘何逞强敢凌弱，货供经略相公门？

138　事到临头灵机动

卤莽江湖话语粗，妄动三拳死屠夫。
事到临头灵机动，一缕青烟亡命途。

139　遁入空门暂栖身

光天化日打死人，遁入空门暂栖身。
修持难耐酒肉瘾，酗醉彰显和尚魂。

140　金二老头着实二

金二老头着实二，又卖女儿陪豪绅。
提辖杀人潜逃后，竟知罪过该死人。

141　无奈佛寺栖身去

一见光鲜赵员外，上首坐地喏喏申。
无奈佛寺栖身去，文殊道场乱纷纷。

142　花和尚鲁智深

佛寺绝非难栖身，英雄不可困山门。
一柄禅杖扫天下，四海恶人俱畏君。

143　青面兽杨志

杨门忠烈踏穷途，水浒传中壮举无。
妙笔生花杀牛二，手无寸铁人肯屠？

144　《水浒传》中第一座山寨

少华山上人落草，军师朱武神机妙。
白花蛇算有见识，跳涧老虎添乱闹。

145　《水浒传》中第二座山寨

桃花山陡野草长，强抢民女桃花庄。
李忠枉称打虎将，竟然赢了小霸王。

146 凌晨焚香五爷庙

高速 G 5 径直开，瑞雪纷飞漫山白。
凌晨焚香五爷庙，都是私车奔驰来？

147 殊像寺前像殊瑞

暖冬未见有芳华，五台敬香皇冠发。
殊像寺前像殊瑞，漫天盖地舞梨花。

148 瑞像天然指何途

梨花轻风堪入图，穷残病老心苦孤。
破解无望佛前拜，瑞像天然指何途？

康熙二十二年，为殊像寺御书"瑞相天然"匾额。圣忠和尚于 2002 年在殊像寺山门前立碑书之求传后世。现在，在进入五台山景区的大牌楼上也书写着这四个大字。

149 月明香火雪皑皑

一九八八到台怀，廿六年后吾又来。
佛门圣地清凉境，月明香火雪皑皑。

150　花样翻新无穷尽

清香三柱虔敬心，颇耐商家贼认真。
花样翻新无穷尽，殊像五爷香两分。

151　心性修持像迥殊

同在文殊道场里，心性修持像迥殊。
智深违纪闹佛寺，高僧续存御笔书。

152　进长城岭隧道缺油心惊

豪华皇冠油近殇，三人紧盯高速旁。
服务小区一串闭，突兀隧道九里长。
二弟口中南无唵，三哥洞里礼佛忙。
出洞赫然台怀镇，导航忻州好荒唐。

153　阮　籍

阮籍徒然济世志，奈何魏晋两朝身。
深山旷野起长啸，绝路恸哭怀酸辛。
料峭孤鸿号外野，不寐抚琴独伤心。
天下名士全节少，凡事唯有醉乡沉。

154　风人言志化抟泥

言志风人旨，温柔敦厚诗。
退之为之变，神圣化抟泥。

读刘崇德教授《诗格之变自韩愈始》（《散帚集》，河北大学出版社 2001 年版，第167—182 页）。

155　一变八代唐诗盛

一变八代唐诗盛，韩愈雄挼赋比兴。
沧海横流传统溃，悠悠千古宋诗风。

156　力除陈言散文诗

古文浑浩韩退之，意境取势新高奇。
诗思突破兴赋比，力除陈言散文诗。

157　返京路上

豫北黄河穿，麦海黄绿间。
高铁遥遥望，羊狗一袋烟。

由郑州东乘 G508 次回北京，眼睛离开《独领风骚：毛泽东心路解读》，向窗外一望，仿佛又看到了四十年前的一种场景：麦海微波，树下老农悠悠然抽旱烟，黄狗趴在身边，几只瘦瘦的山羊在田边啃草……。艰苦，却也其乐融融。

158　缘何《花间》卷首温庭筠

词集崇祚花间纂，卷首缘何温庭筠？
太白应制歌四首，金筌无愧明皇臣。
芬芳高雅词流利，开拓典范飞卿身。
论词大家无异议，花间鼻祖唯此君。

　　温庭筠的《金筌集》应该是中国诗词史上第一部有分量的个人词之专集。故五代后蜀赵崇祚编纂的《花间集》词集卷首者乃温庭筠，收录其词作66首。

159　吴越春秋恐怖风

鱼肠剑怵刺王胸，宫廷盛宴憀厉风。
阖闾恬暴伍员恔，庆忌要离血泊中。

160　小诗打杀小红裙

美艳贤惠汉卿妻，千金小姐度寒贫。
花容月貌折磨去，温柔文雅风韵存。
窦娥冤得悲剧列，糟糠一语何谆谆。
不料陪嫁婷婷玉，夫君凝眸欣羡神。
一场争吵僵持后，小诗打杀小红裙。

161　读《题长安壁主人》

今日结交纯艺术，附庸风雅避嫌隙。
涓涓滴滴无涟漪，泥牛入海卙消息！

162　青山宏评李珣有新见

清新婉丽素淡风，南国水乡闲适情。
小池一朵芙蓉饮，略偏鹧鸪远黄莺。

　　李珣字德润，梓州人，所著有《琼瑶集》若干卷，《花间集》收录其词作品 37 首。与国内的诗词评论家所论显著不同的是，青山宏先生认为，李珣并不是像陆侃如、冯沅君所说之李珣、韦庄、孙光宪诸人词风相近；而是居于温、韦之间，尤其是在涉及"《花间集》词的主要主题之一，即离情别恨……，更多地具有温庭筠词风的作品。"（青山宏：《唐宋词研究》，北京大学出版社 1995 年版，第 73—98 页。）

163　戎昱移家别湖亭

少试进士惜未中，荆南浪迹湘黔情。
边塞戎旅悲凉气，春风频送莺啼声。

　　戎昱生卒年不详，经州（今江陵）人，晚年流落桂林去世。存诗 125 首，后人辑《戎昱诗集》。代表作《移家别湖上亭》，拟人构思，手法超然，倒置主客，情深意浓，曼妙至极。

164　有客捎来铁棍山药口占

豫州神品铁棍收，男欢女悦乐优游。
老少咸宜强身体，助我奥运拔头筹。

165　爱晚湖边脑海若隐若现修车老人身影

湖边矮毡房，须眉渐渐苍。
只闻鸭鸣乱，不见修车忙。

166　卧云面壁再持修

卧云了悟半世求，锡杖跬步万里游。

阅尽人间无情苦，普渡面壁再持修。

金代诗人杨云鹏，字飞卿（与温庭筠同字，可是仰慕温八叉乎？）。与著名诗人元好问互为知己。其《送演上人归方山寺》诗如下：

为爱岚光画里秋，西风归梦日悠悠。卧云未了三生债，飞锡何烦万里游。山削碧城围寺合，泉鸣苍佩入池流。遥知一室安禅处，更在诸峰最上头。

167　红楼主旨任人说

一部红楼梦，主旨争论多。校长旨排满，才子批笨伯。

考证有不逮，根本无鲜活。索隐不绝缕，红学演秦说。

语言辨析起，笃定有定夺？我读石头记，就是读小说。

小说啥主旨，只能读者说。读者一千个，王子千个多！

读《由语言辨析〈红楼梦〉主旨》（《光明日报》2014年2月15日09版）之后，感慨良多，疑惑不少。关于《红楼梦》的争论将近一百年了，姑且不讨论孰是孰非，有何意义，我更想问的是，就凭作者用了"一些幽燕语的残余和满式汉语"，就真能判断作者的民族，透泄出作者的创作主旨吗？这也太简单了。这么简单，还用争论一百年吗？首先申明，我并不欣赏索隐派的全套理论。但是，"吴梅村们"在那个文字狱风行的时代，为了自身安全与长期的抗争，他们难道不会"用一些幽燕语的残余和满式汉语"，来欺骗、至少可以迷惑自己欲灭的对象吗？

北大校长蔡元培先生于1916年1月开始在《小说月报》连载其《石头记索隐》，次年由商务印书馆结集出版。他认为，《石头记》，也就是《红楼梦》一书，旨在排满。在他看来，这"绝非牵强附会"。1921年，胡适先生发表了《红楼梦考证》一文，批评《石头记索隐》是"大笨伯"猜"笨谜"，进而倡导建立科学研究的新红学。此后，双方展开了几近百年的长期争论，圈内人可能很认真，很感兴趣。其实，对于读小说的一般读者来说，很难说有什么价值或意义。就是读原文本最有意义，读经典小说更是如此，看完别人的评论，那不就成了读别人理解、或许还是误解了的小说了吗？自己读自己的吧，我看，这样读小说最好！

168　排队挂号偶得

自古人寿七十稀，务观坎坷八十奇。
山重水复昼无路，柳暗花明夜梦熙。

169　至淡至真一鸿儒

简朴幽默愤怒逐，内心平和外争无。
辉煌事业缘释古，至淡至真一鸿儒。

读《至淡至真一鸿儒——学界追忆著名文史专家王运熙先生》（《光明日报》2014年2月10日06版）感怀。

170　衣锦还乡负经典

衣锦还乡项羽期，霸业难成地利失。
马前泼水孰势利？惜哉自缢买臣妻。

阅读郑连根《衣锦还乡情难免　昼锦而行品自高》（《光明日报》2014年2月15日05版）后有不同感受与认识。

171　满江红透沁园春

诗庄词媚旧时痕，大江东去惊世魂。
待到韶山倚天剑，满江红透沁园春。

读复旦大学中文系于溟跃先生《也谈"诗庄词媚"》(《光明日报》2014年10月25日09版)一文之后，实难苟同，以诗求教。

172　徐陵可堵洛阳道

银弹高车洛阳道，妇女睹面连手绕。
花果投得满载归，史上只闻潘郎貌。

173　清平乐·大才人品不尽端

马前泼水，
"会稽愚妇"愧。
自缢身亡奇辱毁，
朱买臣心无悔。

冷嘲热讽谪仙，
舞台戏剧年年。
汉武识人走眼，
大才人品奇端。

李白在其《南陵别儿童入京》一诗中也曾吟唱"会稽愚妇轻买臣"。

174　秋风落叶急

秋风落叶急，凄美景观袭。
人生恰神似，飞鸿迹雪泥。

175　词风西蜀南唐间

词风西蜀南唐间，沐发娇艳不禁怜。
东风老去湘山远，离恨几多菩萨蛮。

读日本学者青山宏《唐宋词研究》（北京大学出版社1995年版，第48—73页）
书中评"孙光宪的词"之后生成的意象与意绪。孙光宪，字孟文，陵州桂平人。

176　秦少游逸事（1）

碧桃属意少游，畅饮一醉方休。
长沙邂逅名妓，气绝身亡以酬。

读青山宏《评"秦少游的词"之"秦少游和他的词集"》（北京大学出版社1995年版，
第174—180页）之后生成的意象与意绪。碧桃和长沙名妓之传说均见该书176页。

177　秦少游逸事（2）

秦观迁徙过长沙，邂逅靓女登青楼。
久仰欣逢请留宿，朝夕相伴亲侍候。
淮海去后门户闭，守身如玉绝风流。
晴天霹雳学士死，金莲步履百里愁。
扶柩号泣心泣血，气绝身亡报少游。

178　秦少游逸事（3）

太尉设宴请少游，爱姬寄情久心仪。
主人更衣离席暂，芳心乱跳呼吸急。
衣裙一摆红烛灭，瞬间两情涌流激。
学士抚妾多消瘦，全然为了冤家伊！

　　青山宏引自"宋·皇都风月主人编《绿窗新话》卷上'秦少游灭烛偷欢'条（上海古典文学出版社 1957 年 8 月版)"与"宋·杨湜《古今词话》'秦少游在扬州刘太尉家'条（龙榆生点校《淮海居士长短句》所引《古今词话》（中华书局 1957 年版)"。

179　禅心佛语（1）

吾人之学接力赛，一棒一棒代代传。
千里之行积跬步，青出于蓝超越蓝。
九斤老太居高位，脱颖而出颇艰难。
老骥伏枥禅籍序，传灯四杰起燕园。

　　季羡林著《季羡林禅心佛语》（中国书店 2008 年版）一书之《禅籍》一文。在这篇原为《敦煌本禅籍校录》一书所作的序的结尾处，季先生写道"我想从旁帮他们一下。我有意写一篇短文，姑名之为《燕园四杰》。1994 年 12 月 12 日"。

180　禅心佛语（2）

累世修行攒功德，小乘佛教至达摩。
大乘渐悟出顿悟，中国禅宗大转折。
真如本性自心见，一念彻悟众生佛。

　　读季羡林《中国佛教史上的〈六祖坛经〉》（中国书店 2008 年版，第 8—13 页）。

181　禅心佛语（3）

明月积雪白，小池鹅黄裁。
无字风流尽，神韵百味猜。

读季羡林著《季羡林禅心佛语》（中国书店 2008 年版）一书之《作诗与参禅》与《关于神韵》两篇文论的感受。

182　禅心佛语（4）

天竺万难高僧去，九死笃诚佛法还。
玉华译经多少事，含辛茹苦至涅槃。
而今捧读先生序，依旧迷离美流连。

183　禅心佛语（5）

人死即涅槃，苦求为哪端。
求不丝丝补，糊涂不好玩。
天体寿无限，人生二百年。
无论寿长短，死后化灰烟。
扭住这一次，民胞物与甘。
祥和非我者，夜半一梦酣。

但愿我没有误读、误解季羡林先生所说。季先生所说这段话刊登在季羡林著《季羡林禅心佛语》一书之封底：

"据我个人的看法，人一死就是涅槃，不用你苦苦去追求。那种追求是'可怜无补费工夫'。在亿万年地球存在的期间，一个人只能有一次生命。这一次生命是万分难得的。我们每一个人都必须认识到这一点，切不可掉以轻心。尽管人的寿夭不同；

这是人们自己无能为力的。不管寿长寿短，都要尽力实现这仅有的一次生命的价值。多体会'民胞物与'的意义，使人类和动植物都能在仅有的一生中过得愉快，过得幸福，过得美满，过得祥和。——季羡林"

184　王侯将相宁有种乎

将相王侯焉有种，揭竿而王早夭凋。
绝非少勇乏巧计，薄情不义酒色骄。

185　起义缘何非如此

被逼无奈揭竿急，弄鬼鱼腹叫狐狸。
汉末黄巾五道祛，礼拜扶乩起广西。

186　苍茫疏廓《定西番》

"温浓韦淡"妙其妙，孟文已可鼎《花间》。
"茅舍槿篱"赏闲适，苍茫疏廓《定西番》。

清人顾宪荣认为"世以温韦并称，然温浓而韦淡，各极其妙，可轩轾焉。"《栩庄漫记》称孙光宪"婉约精丽处，神似韦庄。"陈弘治在其《唐五代词研究》中写道，若"论三家之佳制，则温词烟水迷离，韦庄风光荡漾，而孙词乃凉秋晴月，可以鼎足而三。"（陈著于 1980 年由台湾（省）文津出版社出版）不过，我倒认为，孙光宪词风之所以可鼎足《花间集》，绝非仅仅是"凉秋晴月"而已，更重要的是由于他的两首歌咏闲适的《渔歌子》（草芊芊）、（泛流萤），描绘田园风光的《风流子》（茅舍槿篱）与《菩萨蛮》（木棉花映），尤其是那首开风气之先的苍茫辽阔的《定西番》（鸡禄山前）。

187　科学发现之奥秘

姹紫嫣红好风光，万物欣欣角逐藏。
个中奥秘谁揭示，农林渔牧生计茫。

　　由达尔文发现并创立生物进化论，而自古至今数以十亿计的农林牧渔从业者竟无一人形成生物进化论思想之萌芽而生成的联想。

188　科学发现之遗憾

修道院里闲时光，豌豆遗传揭秘藏。
论文早到泰斗手，不曾启封我迷茫。

　　由孟德尔发现并创立生物遗传定律的那篇论文送给了达尔文，他竟放置书桌一直未曾启封。这或许正是使这一伟大发现不得不推迟近四十年又重新发现后，才得以传播开来的重要原因。

189　王国维境界论荟集

高楼独上天涯尽，为伊不悔人憔悴。
众里探寻万千回，阑珊蓦然灵犀醉。

190　缘何不修修版

十二生肖已数全，销量超过二十万。
作者缘何不修修，精益求精多圆满？
或许…或许…咳，那个年头铅字版！

191　诗人浪漫得有边

六千五百万年前，小星溅落浅海湾。
不知多少生灵体，灭绝只是一瞬间。

　　偶然读到"一首好诗，不论长短，只要作者情真意挚，遵循形象思维这一艺术规律，都能描绘出形美意足的境界来。如：星星那么多／没有看见它们碰撞——艾青：《花与刺·1》"之时，我真的感受不到谢文利先生对这句诗的赞美与意境开掘。而是想起了我上面写下的那几句诗。我觉得，诗人的浪漫总得有个边！顺便指出，我这首《诗人浪漫得有边》的引文出自谢冕教授作序的《诗的技巧》一书。为什么我不写作者名字而写作序者的名字呢？绝对不是因为谢冕教授赫赫有名之故。而是因为，这本书在封面与书脊上印的作者署名是谢文利、曹长青两位先生的名字，而且没有"著"、"编"、"编著"之类的字样；但是在扉页与版权页上仅有一名作者，而且印的是"谢文利著"。所以，上引艾青的诗与作者的评论请参见中国青年出版社1984年版《诗的技巧》，第158页。当然，我买的那本是1996年2月第11次印刷的，印数显示为202001—209000册。哎呀，好令人羡慕！于是，又打了一瓶酱油。

192　小雨路滑车更堵

城际到京都，蜗牛傲出租。
司机喜小雨，半月阴霾除。

193　作诗难在没灵感

阅历缺乏灵感因，为赋诗词强说愁。
工夫本不在诗内，古今四海五大洲。

194 作诗灵感蓦然袭

灵感顿悟蓦然袭，提笔斜横追逝急。
若非火速行草乱，从容不迫来不及。

195 诗词佳构有遗憾

小桥流水闲逸境，难合老树昏鸦情。
试看板桥霜人迹，好听茅店月鸡声。

196 普希金的哀叹与兴致勃勃

进退维谷哀叹声，昏昏缪斯梦渐浓。
灵魂激灵灵犀醒，手笔杂陈佳句涌。

197 《黄州安国寺记》

城南精舍安国寺，林茂竹修亭榭池。
焚香默坐神自省，物我身心净空极。

198 读海涅的《新诗集·序诗》

双眸脉脉视，红唇微微启。
深爱语无须，蔷薇凋谢际。

海涅诗汉译如下："不要对我说你爱我！/只要沉默和亲嘴，/只要微笑，如果明天 / 我给你看那凋谢的蔷薇。"

199　塞上曲

蝉鸣疏林空，九月北安道。
克山大雪深，尽没枯黄草。
从来闯关东，北大荒中老。
上山下乡儿，劫后返城跑。

200　半夜读臧克家

林梢风萧萧，深夜任雨浇。
洋车灯摇曳，佝偻身瘦削。

　　臧克家短诗《洋车夫》如下："一片风啸湍急在林梢，／雨从他鼻尖上打起来了，／车上一盏可怜的小灯，／照不破四周的黑影。他的心是个古怪的谜，／这样的风雨全不在意，／呆着像一只水淋鸡，／夜深了，还等什么呢？"

201　半夜梦醒读《投资革命》

午夜梦惊醒，秉烛翻金融。
一部革命史，伴我到五更。
发现非积累，怪异顿悟生。

　　夜宿北京国润商务酒店8320房间，半夜被梦惊醒，难以入睡。索性读起随身带着的那本书来，书名很长，叫《投资革命：源自象牙塔的华尔街理论》，作者彼得·伯恩斯坦。他是证券业的"老兵"，又是《投资组合管理期刊》杂志的创办者。我对书中那几位长期被埋没的英雄巴契里耶、罗伯兹、奥斯伯恩……的几乎没有积累的独特顿悟型创新最感兴趣。

202　庐山风情

船过九江晓鸣笛，遥思当年暮雨急。
风光无限仙人洞，红日凌空星光熄。

203　读张志和《渔父》

放浪江湖张志和，录事参军遭贬谪。
恬淡妙绝唱渔父，李煜苏轼相继歌。

陆侃如、冯沅君先生认为，张志和才是中国历史上的第一位有声望的文人词作者。

204　李贺《马诗》

茫茫大漠沙如雪，凄凄燕山月似钩。
浩叹何当金络脑，争及投笔踏清秋？

205　陈陶及其《陕西行》

研习历数晓天文，科考失利布衣身。
可惜言精意悲壮，诗歌十卷无几存。
唯有五千貂锦丧，河边白骨梦里人。

陈陶（生卒年不详），字嵩伯，自号三教布衣，长江以北人。著有诗歌十卷，均已散佚，后人辑有《陈嵩伯诗集》。其代表作为《陕西行》。我想问的是，为什么意境悲壮的诗作难以存留，而缠绵悱恻的诗作就易于多留存？

206　贾谊恐非社稷臣

汉文誇贾生，文墨绝无伦。
为何问神鬼，而不谈庶民？
治国平天下，大异写作文。

207　读罗隐《蜂》之生物学解答

平地山尖百花鲜，无尽工蜂嗡嗡旋。
采花无意授花粉，酿蜜只为种遗传。

208　自　遣

得不高歌失不休，愁苦忧怨禅悟修。
一杯麦氏三盏酒，白茶普洱度春秋。

209　寒山寺古钟的嘉靖朝仿品竟在日本

秋江月夜钟声苍，张继咏叹心凄凉。
寒山寺钟今何在，嘉靖仿铸扶桑藏。

210　李白竟不得一见

宁王宴客藏娇宠，歌女莺喉无从听。
谪仙垂涎醉求见，雕花屏后一曲清。

211　同病相怜而已

怀才不遇忧怨出，义山曲笔惜贾谊。
同病相怜颇自负，安邦良策史不遗。

李商隐（约813—约858年），字义山，号玉谿生，怀州河内（今河南沁阳）人。
他是晚唐时代最出色的诗人之一，其作品收录为《李义山诗集》。其《贾生》诗作如下：
宣室求贤访逐臣，贾生才调更无伦。可怜夜半虚前席，不问苍生问鬼神。

212　读曹植《七步诗》的不同感悟

诗才铄建安，政治不堪言。
纵酒误国事，七步赋诗残。
涕泣釜中豆，不晓其先燃。

2008年12月20日，我曾写下上面这首小诗。评价了曹植的诗才与治国之才存在
着巨大反差，而且其《七步诗》中的逻辑也存在问题，得釜下的豆萁先自焚，才能煮
熟釜中的豆呀！没想到鲁迅、郭沫若两位先生也曾从不同的立场与视角写下了各自的
诗篇。

曹植《七步诗》如下："煮豆燃豆萁，豆在釜中泣。本是同根生，相煎何太急？"

鲁迅《替豆萁伸其冤》如下："煮豆燃豆萁，萁在釜下泣——我烬你熟了，正好办
教席。"

郭沫若《反七步诗》如下："煮豆燃豆萁，豆熟萁已灰。熟者席上珍，灰作田中肥。
不为同根生，缘何甘自毁？"

鲁迅、郭沫若的诗作均引自《诗的技巧》（中国青年出版社1984年版）之第
129—131页。

213 文人自视多蹈虚

春秋天降孔夫子，知其不可而为之！
自我牺牲诚可贵，苦恋执政理想迁。
万世师表垂后世，文人自视多蹈虚。

读谢选骏《秦人与楚魂的对话》（山东文艺出版社 1988 年版）之《第一段　两位对话者和他们的时代》，始知中国知识分子自视多不合实际的文化基因竟远缘于夫子之道。

214 学人之风缘何存

关照全局把握准，清源正本不追新。
客观公允唯求是，简朴宁静享清贫。
清高刻意雕不得，自然活着自在身。
吉人少语言必中，横祸飞来蕴润温。
君子人格渐稀少，学人之风缘何存？

读中山大学中文系教授吴承学《温润的光辉——缅怀恩师王运熙先生》（《光明日报》2014 年 2 月 21 日 15 版）感怀。

215 一衣带水正右转

一八五三前，日本锁其国。中心为自我，幼儿自恋多。
一八五三年，日本被强奸。佩里美军舰，闯入江户湾。
遭受强暴后，精神分裂开。内我失自在，外我屈辱栽。
武士必雪耻，强暴嗜血还。踏上军国路，侵华陷泥潭。
内我百年抑，报复觅良机。美军封锁紧，得逞得偷袭。
锁定珍珠港，不宣血腥洗。山本报捷时，内我长舒气。

恶战太平洋，不单军部举。国民大多数，支持雪国耻。
神州睡狮醒，怒吼八度秋。同仇救亡战，日寇夜夜忧。
进退维谷际，又爆原子弹。玉玺印投降，阴魂从未散。
悠悠即历七十年，一衣带水正右转！

　　日本精神分析学者岸田秀认为，1853 年之前，日本闭关锁国，处于幼儿自恋期；1853 年，美国佩里舰队开进江户湾（即东京湾），日本民族一直觉得佩里是强奸了自己。

　　我不同意岸田秀关于日本民族"'外在的自我'同'内在的自我'产生了危害性的大裂缝，人的'自我同一性'（Self-Identity）已完全丧失"的精神分析结论；更不同意中国学者赵鑫珊教授关于日本偷袭珍珠港"是类似精神分裂症的一次大发作"的诊断。我倒认为，如果坚持进行精神分析与诊断的话，应该是：这是日本国民"内在的自我"的非理性决定与"外在的自我"的复仇性决定的一拍即合的"自我同一性"彻底恢复的疯狂体现。那种说"是日本军部强制性地把日本国民拖进了太平洋战争"的观点归根结底是错误的，实际上，这场战争得到了日本大多数国民的支持。

216　警惕日本右转（1）

彬彬有礼叛逆胸，好斗凶猛军刀疯。
双重性格缘何处，民族心理结构中。
尚武服从经纬线，一经一纬网络封。
资源小国鳄鱼脑，称霸东亚令盲从。

217　警惕日本右转（2）

一九七四春，谷口语浊沉。广已低垂首，弃枪出丛林。
孤身异国境，活着为杀人。右转罪恶令，屠杀血河深。

　　读《从广已田中尉身上究竟看到了什么？》（赵鑫珊、李毅强：《战争与男性荷尔蒙》，百花文艺出版社 1997 年版，第 224—227 页）之后。

218　警惕日本右转（3）

物本无常在，人生神借来。奉还天皇寄，一死何惜哉！
切腹武士享，战功赫赫摘。灵刀取肝脏，希冀再生栽。
政要频拜鬼，右转绿灯开。日军何追逐，杀敌丰乳怀。

"日本现代作家田村泰次郎(1911—1983年）描写二战日本兵活着的两大理由：'既同敌人斗，又追逐女人，这样，自己才品尝到了活着的滋味。'（《雾》)"

219　警惕日本右转（4）

日军猛攻诺门坎，漫山遍野尸体横。
"苏军缘何弃阵地，灵的突击我军赢！"
海外奇谈比比是，效忠天皇武士风。

赵鑫珊、李毅强：《战争与男性荷尔蒙》，百花文艺出版社 1997 年版，第 227—231 页。

220　警惕日本右转（5）

只要天皇下命令，竹竿挺起鳄鱼凶。
士兵荣誉乃战死，空拳绝望自杀攻。
光复缅甸惨烈事，万众一死百余生。
昏迷被俘归国后，行尸走肉父老中。

据记载，"在二战北缅会战中，日军被俘者仅 142 人；而战死者却是 17166 人！在这 142 名俘虏中，大多数还是在负伤或失去知觉的状态下成为俘虏的。"本尼迪克特也说过：日本人认为"荣誉就是战斗到死。在绝望的情况下，日本士兵应当用最后一颗手榴弹进行自杀或者赤手空拳冲入敌阵，进行集体自杀式的进攻，但决不应投降。"（本尼迪克特：《菊与刀》，商务印书馆 1994 年版，第 27 页）

221　黑　暗

银座新泻亮堂堂，西服革履着洋装。
温文尔雅光鲜样，内心黑暗尽迷茫。

此诗标题来自赵鑫珊教授与其日本友人之间的谈话："有一次我走在东京银座大街上。夜色迷人。我对日本友人说：'你们的街道灯光透明。耀眼。真了不起！''这是表面现象。其实年轻一代日本人的内心是非常黑暗的，迷茫的，失去了大方向。'这句话给了我深刻印象。"

读到这段对话，毫无疑问，也给了我极为深刻的印象。使我更坚定了我去年11月赴日本东京参加中日韩三国学术会议时形成的认识："我把日本看成是一个精神不健全或病态人格的国家和社会。"（赵鑫珊：《病态的世界：人类文明精神病理学诊断》，世纪出版集团上海人民出版社2003年版，第173—174页）

222　世界错乱月球因（1）

丧心病狂何词根？月亮同一拉丁文。
人月互动负影响，认清此理古代人？

月亮的拉丁文是Iuna，而Iunacy是精神失常，Iunatic是丧心病狂的、狂暴的意思，Iunaticfringe则是极端主义者。（赵鑫珊：《病态的世界：人类文明精神病理学诊断》，世纪出版集团上海人民出版社2003年版，第71—77页）

223　世界错乱月球因（2）

美俄专家多奇人，建议核弹杀月神。
地球轨道零倾角，世界此后葱绿春。

224　世界错乱月球因（3）

天籁湾里漫步时，仰见满月正当空。
杀人高峰此时论，不禁陷入沉思中。

　　赵鑫珊教授非常欣赏自己写的文章《世界错乱与月球的影响——月球要承担多少罪责?》。他在文章中写道："1972 年美国学者 A．Lieber 和 C．Sherin 在《美国精神病学杂志》（*American Journal of Psychiatry*，129，第 69—74 页）发表了一篇令人深思的研究报告：'嗜杀行为和月亮周期：论月亮对人类情绪骚动的影响'。这两位研究人员是在对美国两份有关杀人率周期性的资料研究基础上做出的一些结论。其中最主要的一点是：杀人高峰与满月同时发生。"说句老实话，过去我非常欣赏赵鑫珊先生写的书籍与文章，还节省下饭钱去买他写的书。可现在我对他写的东西有疑问有异议：他太相信所谓学报或杂志上发表的研究结论了，这恐怕极不科学；这篇文章中两位美国人只根据两份资料就得出的结论恐怕充其量只适用于 20 世纪 60 年代的美国人，根本不应该写成"论月亮对人类情绪骚动的影响"；杀人高峰与满月同时发生这只是个表面上的伴生现象，至于类似因果性的关系恐怕不是与月亮，而是与西方文化有更多更复杂的关系吧！

225　世界错乱月球因（4）

经前心境恶劣症，反复发作短病程。
核武炸掉月球后，全球妇女病不生?

226　世界错乱月球因（5）

何事有利弊不存，几时无益害丛生?
寸长尺短情境定，历史唯物辩证中。

227   侵略战争缘何起

侵略战争缘何起，群体犯罪燃激情。
复仇怒火纳粹点，归因不当荷尔蒙。

　　伟大的爱因斯坦把战争同群体受激情（主要是仇恨和鼠目寸光的自私自利）的支
配和他们的天生的心理结构联系起来的见解无疑是理性分析的、科学的。而像赵鑫
珊、李毅强那样将战争与男性荷尔蒙联系起来，并且认为爱因斯坦在探讨战争的起因
时所说的"激情"、"天生的心理结构"与他们所说的"男性荷尔蒙"只相差一步之遥！
因此，他们觉得"多少有点小遗憾，爱因斯坦并没有干脆使用'男性荷尔蒙'……
他……用了'天生的心理结构'……其实，《战争与男性荷尔蒙》这个书名也可以叫《战
争与人的天生心理结构》。"（赵鑫珊、李毅强：《战争与男性荷尔蒙》，百花文艺出版社
1997年版，第67—72页）这次，赵鑫珊很难说是正确的，他们站在还原主义的立场
上，认为爱因斯坦仅在心理结构层面分析是有遗憾的，不及他们还原到荷尔蒙的生理
层面更科学。
　　但在我看来，对二战战犯的科学分析的最深层分析就是爱因斯坦那样的心理结构
分析，进入生理层面的荷尔蒙分析从科学方法论角度来看，反而失去了科学性。

228   清平乐·病态的世界

钢枪举起，
对准迷人雉。
猎捕贪婪无节制，
早晚殃及自己。

胜天似是奢谈，
人该敬畏天然。
暴恐频频处处，
人间何处桃源？

229　人类战争缘何起（1）

一战二战巨系统，复杂开放集错综。
百分之五终极解，还原主义路不通。

230　人类战争缘何起（2）

人类战争缘何起，莫归男性荷尔蒙。
诸般论证或有误，人有大脑新皮层。

　　赵鑫珊、李毅强在《战争与男性荷尔蒙》一书反复论证战争的缘起的终极因归咎于男性荷尔蒙，并认为他们是在进行科学研究，方法科学，过程科学，结论科学。

231　恶　心

日本特设恩给制，补助二战天皇兵。
海外一年三载计，役龄贡献金额增。
接受人数两百万，拒绝领取区区轻。
战争罪责谁反省？千万军民谢皇宫。

　　继续阅读赵鑫珊教授《病态的世界：人类文明精神病理学诊断》一书，当翻阅至第 193 页，读到"日本政府在战后设立了'军人恩给制'，用来补助二战中的军人。级别越高，军龄越长，得到的'军人恩给'数额也越大……在海外服兵役 1 年按 3 年计算……全日本接受'军人恩给'的人数为 213 万，拒绝领取者是少数。"如果一个军人乃四五口之家的话，那将有一千多万人，也就是十分之一的日本人将感受天皇的……。这难道就是日本政府和日本民众对发动侵略战争的反省和认罪吗？

232　而今我劝马斯洛

需要理论五层说，生命权力何定夺？
而今我劝马斯洛，俄国童话启迪多。

233　李零的"渔夫太太"

大海空阔色蔚蓝，渔家度日实艰难。
一座木屋破又小，渔婆呆呆破盆边。
日复一日穷日子，年复一年无怨言。
遥想当年买臣事，会稽妇人可汗颜？
风和日丽小船去，太太倚门求平安。
海上打鱼泥沙网，硬伤大小莫须谈！
无可奈何再一网，惊见小鱼金灿灿。
欢天喜地获至宝，突闻小鱼娇滴言：
妾身海神小公主，求你放生神殿还。
再生之德终生报，有求必应不食言！
神女条件无底线，不知人类性贪婪？
潘多拉盒神仙赠，情急智浑忘前缘。
神命关天神亦乱，为保小命忽悠谈。
一朝要求触底线，娇娆神女脸顿翻。

读李零的《渔夫太太》(《花间一壶酒》，同心出版社 2005 年版，第 30—31 页）一文。

234　不似拔山盖世气

生命岌岌可危时，神女活命是唯一。
不似拔山盖世气，乌江边上重面皮。
待到小命无风险，神权巍巍不可欺。

235　范敬宜

儒雅谦和音容貌，教诲伴我笔耕老。
历历往事尽晓知，小诗抒情也难了！

《光明日报》2014 年 2 月 21 日 05 版刊登了人民日报浙江分社社长王慧敏先生的追忆文章《教诲将伴笔耕老——我与老师范敬宜的点滴往事》，阅读之际颇有感触，诗两首抒怀。

236　天地生民行良知

消息区区五百字，导语先后七易之。
敬惜文字终生事，天地生民行良知。

237　试君王

窈窕娇艳笑嘻嘻，三令五申列不齐。
小试君王可听己，粉颈喷血草萋萋。

238　叹太白遗风

玉山倾倒当涂去，太白遗风醉泥来。
半夜浇愁独饮闷，邀月共舞歌徘徊。

239 谷口人家

山林苍翠岚雾笼，清泉奔泻深潭中。
谷口人家十三四，大千笔墨仙境生。

读《大千笔墨越海峡》与他那幅《谷口人家》大作以及他在画面所题金末元初诗人房皞的诗句："谷口人家十二三，家家窗户得青岚。千章云木秀而野，一脉流泉清且甘"之后。（《光明日报》2014 年 2 月 26 日 09 版）

240 九州胜迹无数处

九州胜迹无数处，史籍深嵌钟山麓。
南唐词韵大明风，断墟明月陵阙古。

241 读李零《战争启示录》序说

侵华兽性发，南京大屠杀。
狼豺也逊色，强暴无复加。

"张纯如的《南京大屠杀》，英文原名叫 The Rape of Nanking，rape 的特点就是强加于人，它的原始含义就是强抢，另一个意思强奸。它不仅可以涵盖日军在南京的烧杀抢掠（后来有所谓'三光政策'），还特别指他们对中国妇女的暴行。日本老兵手里有很多反映这类暴行的照片。"这样的"'兽性大发'……都是从哪儿冒出来的"？原来，在西方的"荷马史诗中，英雄血脉里都有一种叫 Iyssa 的东西，经学者考证，就是'豺狼一般的狂暴'（布鲁斯·林肯《死亡、战争与献祭》，上海人民出版社 2002 年版)"（《花间一壶酒》，同心出版社 2005 年版，第 100—102 页）。

242　读李零《花间一壶酒》之自序

书法家一出，书之道即亡。
从文或曾讲，李零再宣扬。
诸子如椽笔，后世恣汪洋。
杂文随感者，心欲手笔忙。

读李零《花间一壶酒》（同心出版社 2005 年版，第 5 页）一书自序。

243　曹沫——春秋恐怖活动始作俑者

曹沫智勇自荐君，庄公嘉许拜将军。
与齐三战连败北，割地签约奇辱深。
高坛将军突发难，匕首寒光夐齐魂。
小白一诺国土退，凶器掷地就群臣。
面不变色心不跳，话语情态通常神。
大名缘此入史记，春秋恐怖肇始人。

　　我一直认为专诸、要离、豫让、聂政、荆轲等古之刺客皆为现代意义上的恐怖分子，不过他们都不杀无辜的平民百姓。今天读李零的《花间一壶酒》一书中的文章《中国历史上的恐怖主义：刺杀和劫持》，才知道鲁庄公时代的曹刿与后来劫持齐桓公的曹沫竟然是同一个人。我原以为曹刿在长勺打败齐桓公后就回村了，对他颇有好感。看来我原来写曹刿的词是有硬伤的。今天，就从另一个视角再来写一写曹刿或者曹沫吧！

244　清平乐·蚩尤——中国的战神

蚩尤背叛，
涿鹿争雄战。
昏地黑天鲜血溅，
秩序生于混乱。

虽说兵器发明，
难言邪恶英雄。
只为刘邦造反，
县庭祃祭红红。

读李零《战争启示录》之《中国的战神》，方才知道，背叛黄帝的，作为"黄帝六相"之首的蚩尤，兵败身死下场很惨者，竟然成为中国的战神。这是幽默，还是滑稽？英雄或许不应以成败定论，但战争之神似乎不宜以一个战争失败者来填位。难道这是为了隐喻在遥远的未来，一切战争都将隐遁吗？可祭祀者是为了祈祷保佑自己获胜的呀！

245　李金发不会写作会写诗

童年无生趣，字墨算盘中。杂粮吃粥俭，十日一荤腥。
侨乡旧教育，作对念诗经。梦醒闲暇际，痴迷牡丹亭。
自费俭学去，枫丹白露风。刻苦学法语，板凳坐禅功。
长辈摆架子，不攀徐悲鸿。
喜读象征派，欣赏维尔仑。胡适不堪效，冰心不予伦。
独创半白句，颇似玉梨魂。弃妇瞠人目，微雨唯我尊。
骷髅满地舞，深夜飞死神。意象极凶戾，恶之花汉文。
玄思诗题怪，中文并不通。国内开生面，自说自语锋。
三卷诗面世，金发诗史中。哪是一个梦，三年铸永生！

246   八大赞与叹

天地已沉沦，君用纸幅拼。
枯枝败叶卷，残山剩水昏。
鸟胅鱼怪异，丑陋白眼人。
冷逸空灵笔，孤傲行异群。
葱翠青云圃，未绝八大魂。

247   八大山人的青云圃道院

神秘青云圃，八大寄寓深。
而今门若市，把玩古园林。
花丛曲径乐，帅哥靓女人。
秋雨哀婉叹，杳然朱耷魂。

　　余秋雨曾感慨曰："这个院落之所以显得如此重要的原始神韵完全失落了，朱耷的精神小天地已杳不可见。这对我这样的寻访者来说，毕竟是一种悲哀。"余先生说得有点、或有些、或是深深的悲哀！对此，我倒觉得，历史总要遗忘渐渐被当时人认为已不重要的人、事件，甚至鬼、神！唯此，才张显出社会的进步！与时俱进，就彰显于斯也！

248   独自成擘

金发历史幸运儿，写作不会写诗奇。
留法隔绝苦坚忍，自以为是急就之。
批评指点何曾有，影响焦虑从未遗。
不倚不傍独成擘，中国诗史君唯一。

249 金发怀乡

枫丹白露思故乡，骄阳火辣海风凉。
藤荆蛮漫落叶满，松荫静寂溪流长。

李金发的怀乡诗如下："我的故乡，远出南海一百里，/ 有天末的热风和海里的凉风，/ 藤荆碍路，用落叶谐和 / 一切静寂，松荫遮断溪流。"（何乃佳：《中国才子地图》，西苑出版社 2005 年版，第 235 页）

250 赤子情禅

赤子可爱不圆通，黄卷青灯嗜糖僧。
天真一身孩子气，姹紫嫣红色相空。

苏曼殊事迹见《岭南才子：文明的局外人》中的《苏曼殊：以性情夺魁》（何乃佳：《中国才子地图》，西苑出版社 2005 年版，第 230—235 页）。

251 贪吃"摩而登"

曼殊酷爱摩而登，饮茶吃糖日日功。
皆因仰慕茶花女，爱屋及乌成糖僧。

252 形为心役

世纪风云曼殊童，雪茄牛肉摩而登。
油壁香车女郎艳，悟尽情禅佛门空。
狂笑无端愁淡淡，执著逃逸忧忡忡。
金粉江山思绪坠，泪浸袈裟胭脂红。

253　死得可以

一生未睹四九春，形为心役坎坷人。
病逝料理汪精卫，迁葬孤山国父金。
坟茔不远长眠者，苏家小女歌同心。
性情夺魁苏才子，人间命运诡谲真。

254　春秋遗笑蠢襄公

强弱悬殊隔河争，半渡布阵宋不攻。
军礼过时谨恪守，春秋遗笑蠢襄公。

阅读杨义《〈孙子兵法〉的生命解读》（《光明日报》2014 年 2 月 24 日 16 版）有感。

255　孙子兵法诡道真

孙子兵法诡道真，一语一句寓意深。
无意为文文采见，化用智谋谋略神。

256　孙武缘何止步客卿

运筹帷幄盖世功，孙武墓志仅客卿。
用兵入化阖庐忌，求情不准满面红。

257 花褪残红再不听

通判杭州不惑中，朝云名妓十二童。
钱塘挚爱大叔控，温婉贤淑懂老公。
生子干儿周年逝，洗儿戏作叹聪明。
前途黯淡高情尽，花褪残红再不听。

258 一罐腌鱼

陶侃给娘送腌鱼，母亲居然不肯吃。
郑重告诫为吏子：遗我官物不益吾。
反使我心倍忧汝，公私不分好糊涂！

259 人生如梦莫伤情

秋荷晨露亮晶晶，光鲜闪电瞬间空。
世间一切皆命定，人生如梦莫伤情。

据说，王朝云临终之际拉着苏东坡的手意味深长地说了大意如下的一段话：世上一切都为命定，人生就像梦幻泡影，又像露水和闪电，一瞬即逝，不要太在意。这其中寓藏着她对苏东坡无尽的牵挂和关心，生前如此，临终依然如此。（何乃佳：《中国才子地图》，西苑出版社 2005 年版，第 86—90 页）人啊，莫要以偏概全，犯模板效应型认知偏差，轻言"戏子……"例如，"朱大可发表文章说，有一个妓女的手提包里也有我的《文化苦旅》，引起全国对我的讪笑。谢晋也幸灾乐祸地笑了，说：'看你再为他辩护！'但他很快又大声地为我讲话了：'妓女？中外艺术中，很多妓女的品德，都比文人高！我还要重拍《桃花扇》，用李香君回击他！'"（余秋雨：《何谓文化》，长江出版传媒长江文艺出版社 2012 年版，第 95 页）

260　小亭诗酒乐醉翁

琅琊山半古道通，小亭诗酒乐醉翁。
醉翁之意不在酒，在乎山水绝美中。
咸丰年间化瓦砾，重修复原时雨功。
九曲流觞意在此，欧梅枯死杏梅丰。

阅读《欧阳修：醉翁之意在乎山水之间》（何乃佳：《中国才子地图》，西苑出版社2005年版，第184—186页）感怀。

261　池田对话汤因比

池田对话汤因比，展望新纪二十一。
清楚认识意识下，避免无意被其执。
不被支配反驾驭，貌似荒诞实非虚。

　　汤因比说了一句话："清楚认识意识之下的深层，避免在无意识中受其支配，相反倒可以驾驭它。"一下子被谢选骏抓住了，他言词犀利地追问："认识无意识！驾驭下意识的深层！这是不是一个概念游戏？被意识到的无意识，还可能是'无意识'吗？遭驾驭的下意识，还是原来的下意识吗？肯定不是！而真正的深层无意识之进入意识——完全又是一个悖论。对此，我们只能视之为一个不可能的'可能'。"（谢选骏：《秦人与楚魂的对话》，山东文艺出版社1988年版，第5—8页）
　　我只想指出一点，汤因比说的是"认识意识之下的深层……驾驭它"，绝不是谢选骏说的"驾驭下意识的深层"。迄今为止，科学界已经清楚地认识到在意识之下存在一个深层，还有点混沌地称其为无意识、潜意识、下意识。（我个人认为，无意识的称谓最不科学。因为，无意识主要意指没有意识或不可能有意识，譬如我们可以说一个脑死亡者是无意识者，至于一个大脑未死亡者，例如植物人，我们只能说她或他目前是丧失了意识能力者、未能显现意识能力者，而不应称其为无意识者。）这似乎已经表明，"被意识到的无（最好改为'下'）意识，依然还是'下意识'！"换言之，下意识的存在，恰恰是意识存在的前提与条件；反之则反是。二者是一体共生者。

262　混沌玄机藏

混沌玄机藏，佛指透苍凉。
中土雄魂醒，赫赫在盛唐。
渺渺天光见，驼铃自悠扬。
梵呗似云鬵，觉者度万方。
袈裟飘忽隐，法门世运昌。

263　阅微草堂绝调发

风流放达烟袋大，色难容易坦然答。
四库全书总编纂，阅微草堂绝调发。

乾隆翻阅《论语》，见到"色难"一词，顿生感叹："此二字颇不易属对。"不料纪晓岚在一旁脱口应对："容易。"乾隆居然没有反应过来，竟然还要纪晓岚给出下对！

264　文学第一伺从

心宽体胖纪晓岚，酷爱猪肘酷爱烟。
铁嘴妙解老头子，文学一伺不虚传。

265　辜鸿铭

瓜皮小帽灰辫遗，京城一景自嘲之。
精通外语八九种，倒读英报娴熟奇。
论语英德两文译，睥睨中外旷达稀。
潦倒一生自尊护，泪里狂放悲哀极。

266　炎帝伟乎哉

炎帝伟乎哉，昆仑远逊他。首举文明炬，劈荆辟莽沙。
安民杀伐止，教会育耕稼。尝草疫煞治，燧石创光华。
炎帝安寝地，瞻拜起烟霞。万代天涯遇，炎黄乃一家。

267　清平乐·拼盘杂烩王小波

小波奇迹，
以死为开始。
传统文学没关系，
疏远隔绝彻底。

文坛热闹嘈杂，
嫣红裸露奇葩。
海子顾城阿橹，
云烟过眼无华。

　　阅读《拼盘杂烩王小波》一文中张卫民、徐江、王小山、冯唐、张永义等人的驳杂议论有感。冯唐有言："我们不能形成一种恶俗的定势，如果想要嘈杂热闹，女作家一定要靠裸露，男作家一定要一死了之。我们已经红了卫慧红了九丹，我们已经死了小波死了海子，这四件事，没一件是好事。"徐江则写道："大家恐怕还会记得当年海子之死所引起的盛况吧，诗歌界那几年着实热闹了一番，直到顾城杀妻、阿橹害友，一场大殡才算出完。"张永义说得极为坦率："李银河在《浪漫骑士·行吟诗人·自由思想家》这篇悼念丈夫的文章里把王小波吹捧得过火了……就其小说随笔而言，他肯定不是堂·吉诃德式的浪漫骑士……'行吟诗人'这个称号不适合他，王小波永远不可能成为荷尔德林、里尔克和伐切尔·林赛那样的伟大歌手……'自由思想家'这么高的头衔送给一个只写了二三十万字随笔的自由撰稿人，实在是有点过了。"

268 从北京返回天籁湾家中

天籁湾水映柳青，玉兰枝头竞姿容。
最喜金萱叶绿绿，更有桃花两树红。

269 再无紫燕老友声

锣鼓震天鞭炮隆，喜气盎然霾浓浓。
举家迁进新楼宇，再无紫燕老友声。

270 红墅林

寻幽探胜郊野行，清凉拂面雨蒙蒙。
灰霾一涤呼吸畅，红墅林景耀眼明。

271 萧伯纳

诺奖给我何其晚，挣扎抵岸救生圈。
戏剧大师谑自己，余命偷生卅余年。

　　读余秋雨《何谓文化》（长江文艺出版社 2012 年版，以下仅标明页码者，均出自此书）中的《Let them say》非常感动。因为，诺贝尔文学奖得主萧伯纳为即将赴国难的黄佐临题写了："起来，中国！东方世界的未来是你们的。"而这句话，是在七七事变后的第三天写下的。（第 106—128 页）

272　黄佐临

北焦红透南黄黄，委屈自问自何方？
只缘内心欠清静，得破幻觉第四墙。

"一九四九年之后的中国戏剧界，论导演，一般称之为'北焦南黄'。'北焦'，是指北京艺术剧院的焦菊隐先生。……而'南黄'，也就是上海的黄佐临先生，却遇到了……'极左思潮症候群'。……当'北焦'红得发'焦'的时候，'南黄'真的'黄'了。"（第115—117页）

273　病榻上的巴金

病榻衰弱倾听，询问思考笔耕。
友情贞观企盼，忧郁直至临终。

读《何谓文化》中《巴金百年》，让我最感动的是，当陆正伟先生为躺在病床上的巴老读康熙年间诗人顾贞观因思念被清政府流放边疆的老友吴兆骞而写下的《金缕曲》时，巴老竟跟着背诵了起来。（第129—155页）

274　谢晋（1）

先生上虞人，东晋谢氏门。讳晋传承表，善恶辨红尘。
困顿追人性，青史思索深。忠贞淑婉像，灾难正义魂。
世间血泪摄，天光泽祖孙。一代宗师去，苍原屹青坟。

读余秋雨先生《何谓文化》一书中《谢晋墓碑》集句。（第238—239页）

275 谢晋（2）

三四智弱重，精神漩涡乱。
大爱雪山融，坦荡成圣殿。

谢晋在中国创建了一个独立而庞大的艺术世界，但回到家，却是一个常人无法想象的天地：他与夫人生了四个孩子，只有一个脑子正常。（第89—105页）

276 托翁《复活》谁复活

托翁复活谁复活，绝非涅赫留道夫。
玛斯洛娃心死死，乱弃升华女如荼。

277 真"脱黏"乎

文化魂魄宜达观，角隅切莫喜沾沾。
试看权威强力荐，秋雨破格直升迁。
过往成就顿放弃，名誉蒙尘亦脱黏。
行者无疆废墟考，千年一叹书河山。
远方讲演北大课，文脉消长荣辱关。
重地碑刻戏剧史，外哲人文放一边。
国际名作潇洒取，经典今译散文篇。
文化无用度万物，神针定海范自然。
读者无论海内外，人人皆可证其言：
秋雨自从脱黏后，成果怡然远超前。

读余秋雨《何谓文化》中《身上的文化》有感。余秋雨先生的原文为："现在，海内外的读者都能证明，我在'脱黏'后的成果，远超以前。"（第57页）

278　谢晋的阿四

阿四绝不像阿三，门孔整天看外边。
每早爸爸出门去，包包给爸鞋换完。
包包鞋子天复天，老爸人啊在哪边？
突然来去人无数，密密匝匝白花鲜。
阿四穿行白花间，老爸拖鞋去哪边？
弯腰觅得摆门畔，望着拖鞋心始安。

279　欠君三拜

骆驼能不死，大漠永抗争？
风沙不会灭，有风貌似生。
谎言实可怕，传媒鼓噪汹。
骆驼廿头奖，只闻秋雨声。

读《何谓文化》中《欠君三拜》有感于风沙长存而骆驼会死。（第187—203页）

280　大圣塔

长江南有句容城，句容城里寺崇明。
崇明寺内大圣塔，纪念大圣僧伽行。
沙海荒漠僧行脚，大唐中亚佛教兴。
塔身木砖虽修缮，焚毁拆除无奈终。
投资重建纵民愿，难苟航海巨桅升。

281 秦长城

世界奇迹有习称，当年游客随兴评。
重新评价权威聚，第一乃是秦长城。

　　读《何谓文化》中《秦长城》，知中国万里长城已被评价为世界第一大奇迹。但是我倒不觉得应该像余秋雨那样："由此吾可笑语国人，不必再以第七、第八或'东方威尼斯'等名号来自傲自雄。"（第228—229页。）我看，还是不骄不躁，不卑不亢，韬光养晦，有所作为，是为宜。

282 云冈石窟

北方游牧悍，秦汉力竭穷。鲜卑拓跋氏，铁骑万里雄。
交融异文化，隐约盛唐风。若问何为证？云冈石窟中。

　　余秋雨倾心北魏，故有碑刻："中国由此迈向大唐。"他断言："仅有诸子学说，难以构建大唐。直至北魏马蹄万里、雄气广凝，则大唐不远矣。此乃中华文化之极大转换点。大同之云冈石窟，可为第一佐证。"（第230—231页。）对余先生此说，欣然信之。

283 菲尔默的《族长》

族长作者菲尔默，鼓吹帝王一言堂。
查理一世贼受用，断头台上一梦长。

　　罗伯特·菲尔默（1588—1653年）乃英国政治理论家，专制君主论的倡导者。其代表作为《一言堂：帝王的天然权力》，又译为《族长》。菲尔默的主张使英王查理一世非常受用，故册封菲尔默为贵族。1649年，英王查理一世被送上了断头台。（菲利普·鲍尔：《预知社会——群体行为的内在法则》，当代中国出版社2007年版，第323—329页）

284　郑和下西洋

三保太监下西洋，二十八年七度航。
六十艘船世罕匹，舵轴三十六尺长。

读杨振宁教授《近代科学进入中国的回顾与前瞻》一文，获悉郑和于公元 1405 年到 1433 年 7 次远航西洋，先后用了 60 条船，其中最长的竟有 440 尺；1962 年在南京发掘出一个木制的舵轴，有 36 尺长，光直径就有 1.25 尺。全世界的历史学家几乎都认为到中国古代史的历史记载是可考证的。（黎先耀主编：《智慧的星光——诺贝尔自然科学奖获奖者文萃》，经济日报出版社 2000 年版，第 347—357 页）

285　昨日香山访友

百媚千娆满香山，难得清风朗朗天。
好客画馆在何处？笑指别墅翠竹间。

286　星体暗物质

宇宙百万类星体，谁晓超能来哪里？
银河星系圆球中，物质不见引力巨！

李政道反复指出："当代的科学大问题……在宇宙学中有两个：一个是类星体，一个是暗物质。……我们宇宙里至少有 100 万个类星体……有一种我们尚不了解的发能方式，它远远超过核能，远远不是我们所能想象的……在银河系里，有个叫作星系群的圆球，里面有 20 个像银河系那样的星体，通过研究……可以推出地心引力，从地心引力求出…在星系群里，有四分之三的物质是我们看不见的，这就是暗物质。"（黎先耀主编：《智慧的星光——诺贝尔自然科学奖获奖者文萃》，经济日报出版社 2000 年版，第 353—357 页）

287　情有独钟李叔同

二妞走红梵王宫，菩萨蛮唱悱恻情。
若非屌丝买翠喜，可有弘一真悟空？

津门名妓杨翠喜，原姓陈，小名二妞儿。最早对之情有独钟者的竟是风流才子李叔同。他曾寄给二妞儿两首《菩萨蛮》表达自己的思念与爱恋。原词如下：

燕支山上花如雪，燕支山下人如月。额发翠云铺，眉弯淡欲无。夕阳微雨后，叶底秋痕瘦。生怕小言愁，言愁不耐羞。（其一）

晚风无力垂杨嫩，目光忘却游丝绿。酒醒月痕底，江南杜宇啼。痴魂销一捻，愿化穿花蝶。帘外隔化荫，朝朝香梦沾。（其二）

（吕志勇：《出轨的历史：小人物创造的世界》，华中科技大学出版社 2014 年版，第 209—211 页）

288　中国需要诺贝尔

中国需要诺贝尔，率先突破莫言冲。
生理医学何时可，十年猜已成测空。

20 世纪末，杨福家、陈佳洱等几位中国科学院院士提出"中国需要诺贝尔"的意见，但得奖者是写小说的，而不是科学家；或许就是那个时候，杨振宁在香港接受记者采访时，当记者问道："你觉得华裔科学家何时才能获得诺贝尔生理学医学奖？"他答道："我相信十年之内就可以得到。"看来，得诺贝尔奖的是谁，何时可得……绝对是不可预测的。就算是杨振宁、李政道、丁肇中、李远哲、崔琦、朱棣文等等，这些华裔诺贝尔奖获得者的获奖预测，也只能归结为美好的猜想或一个美好的梦想而已！是不能当真的。

289 抚手长安（1）

大墙剥落风苍凉，身心蓦然入汉唐。
遥襟甫畅逸兴起，胡姬酒肆醉东洋。

江苏省徐州市第五中学学生左湛一参加由西北大学和《美文》杂志联合主办的"全国中学生散文写作大赛"获奖，题目是《抚手长安》。出题人和评委由贾平凹、阿来、格非、苏童等作家担任。《光明日报》"从获奖作品中精选了 4 篇，以便读者从中感受当代中学生的思想情感和时代风貌。"对另三篇文章，即《矫枉何须过正》、《躲》、《我们的神仙老师》，读后的感受是，如果获奖者真得享受西北大学自主选拔录取政策，那么获奖者真的得到了一次货真价实的享受。但这对高考制度很难成为一种有益的补充。想想中国旧制度下的科举制之八股文取士即可略知。至于究竟是什么激发起中学生对汉语写作的热情，恐怕并不像制度设计者设想的那样简捷美好！（《光明日报》2014 年 3 月 28 日 13 版）

290 抚手长安（2）

明宫雁塔曲江池，阳关烽燧驼铃袭。
试看批批遣唐使，克隆长安奈良仪。

291 "放下"有智慧

人生苦海中，豁达布袋空。
舍得大智慧，放下自在生。

292 中法"影响"差异大

影响法国书十部，票选红楼梦成空。
神州读者偏爱甚？仲马父子联袂行。

记得余秋雨教授曾认为，《红楼梦》才是而且是唯一的第一流文学艺术作品，不料法国人并不认账。"在法国最有影响的十部中国书籍"评选中，曹雪芹的《红楼梦》输给了施耐庵的《水浒》、吴承恩的《西游记》、老舍的《骆驼祥子》、鲁迅的《鲁迅小说集》、莫言的《酒国》与巴金的《家》。

更为有趣的是，读到中方评委会主席、中国社会科学院终身荣誉学部委员柳鸣九教授如下这段话时，我感到他与评委、北京大学讲席教授范曾的认识差别巨大。柳先生的原话如下："这个名单作为公众投票的结果，当然带有'大众口味菜单'的色彩，其中就有《茶花女》《基度山伯爵》两部带有通俗文学性质的作品，这表明大众对意义浅显而叙述十分引人入胜作品的青睐。"（柳鸣九：《法国书籍在中国的历史际遇》，载《光明日报》2014年3月26日10版。）范先生则从115年前其先曾祖范伯子与翻译《茶花女》的林纾的一段交往入手，认为：这"最能说明在中国的第一部被翻译的法文名著《茶花女》当时不只流布世塵，即使士大夫阶层中最顶尖的人物也已开始阅读小仲马的著述。"（范曾：《这是一次人类文化的广泛交流》，载《光明日报》2014年3月26日10版。）两人间的认识差异请读者自己细细揣摩。

我只想提一个于我是问题而于他人或许根本就不是问题的问题：文艺作品如小说《茶花女》被称之为"著述"是准确的吗？另一点是今后要查清楚范伯子在当时，即同治、光绪两朝时曾是诗坛领袖，且为士大夫阶层中最顶尖人物之文献史出处。

293 文明是多彩的

茹毛饮血田园耕，工业革命信息综。
波澜壮阔多彩绘，交流鉴赏和不同。

294　文明是平等的

奇琴伊察古玛雅，尼罗河畔金字塔。
五洲文明各千秋，亚欧美非无高下。

295　文明是包容的

达摩东渡禅宗生，玄奘西行佛倒流。
削足适履文明死，包容独特空有收。

关于"玄奘西行（印度）佛教倒流"之事季羡林先生曾有专论《佛教的倒流》（季羡林：《季羡林禅心佛语》，中国书店 2008 年版，第 14—50 页）一文。

他归纳了"玄奘在印度的三件事：调和空有，摧破小乘正量部的理论，斗败顺世外道。显而易见，这三件事都有重要的意义，是玄奘对印度佛教的贡献。因此，《含光传·系》（同上，第 44—45 页）才说：'疑西域之罕及。'"

296　沙漠之都节水启示

黄沙漫天谁来游？非得荒漠起绿洲。
长街潋滟水世界，雷厉风行水运筹。

读查尔斯·费什曼《拉斯维加斯：沙漠之都以水为荣》（《光明日报》2014 年 3 月 28 日 15 版）一文感受到的震撼与启示。

297　禅趣人生（1）

羚羊挂角无迹寻，恍惚杳冥顿悟生。
得鱼忘筌言已逝，禅趣人生不言中。

298　禅趣人生（2）

长寿难得赖养生，林间小路遥思行。
锻炼忌口忧虑重，何如荷塘梦想中。

季老曾云："'养生无术是有术。'……我首创了三'不'主义：不锻炼，不挑食，
不嘀咕……想补充很重要的一点……一个人决不能让自己的脑筋投闲置散，要经常让
脑筋活动着。"

299　禅趣人生（3）

决斗风行旧欧洲，普希金即一命休。
神州特崇克己道，一声国骂免血流。

300　禅趣人生（4）

缘分命运颇不同，偶然必然两极通。
一见钟情是缘分，骄兵必败命运中。

301　大管理从小事抓起

午餐陪客三杯酒，马提尼会涌上头。
保险教父掌权后，陋习一扫午睡休。

读《从最伟大的帝国到从头再来——"保险教父"格林伯格讲述"AIG 的故事"》（《光
明日报》2014 年 4 月 4 日 12 版）有感。

302　瓦利测定其发现的"小晶体"与地球"同龄"

锆石晶体渺如丝，寿命几与地球齐。
足证降温模型误，生命演化得前移。

　　美国地球科学家约翰·瓦利教授2001年在澳大利亚雅克山一个牧场发现了一块岩石，从中提取到极其微小的锆石晶体，仅有两根成人头发丝直径那么细小。经过十多年的艰苦努力，科研小组才确定这个小晶体已经在地球上存在43.74亿年。这就印证了所谓的"冷地球理论"，再不能排除43亿年前地球上存在微生物的可能性了。(《光明日报》2014年3月13日15版)瓦利教授若在中国大学，仅年年的业绩考核他就无从作出这项令世界瞩目的贡献。

303　宋代草根摩崖石刻有疑

鹿泉九里山西麓，摩崖石刻宋人留？
荆棘丛生蛮无路，庆历牧羊狼窝沟？

　　读《光明日报》2014年3月12日16版所载孙继民先生文章《鹿泉牧羊人题记：宋代罕见的"草根"摩崖石刻》，心中不禁生疑。

304　来新夏

邃谷宁静墨飘香，弢庵狷介不寻常。
艳阳血手掰玉米，残月油灯续断章。
淑世润身书为本，冷眼热心老益忙。
落花流水春去也，谁人三易授课堂？

　　南开大学教授来新夏先生2014年3月31日下午驾鹤仙逝，享年91岁。(《落花流水春去也……——追记著名历史学家来新夏》，《光明日报》2014年4月2日09版)久欲拜谒先生，已永不能矣。七律一首，聊表敬慕之意。

305　古道蹄音隐隐传

青石板路依稀辨，郁郁葱葱草色间。
晨雾缭绕约亭古，古道蹄音隐隐传。

　　读《澄迈火山岩古村——古驿道蹄音回响海上丝绸之路起航》获悉海南"拟从澄迈全县 47 个火山岩古村中精选 23 个古村落，以独特的火山文明为载体，申报世界文化遗产。"（《光明日报》2014 年 3 月 13 日 09 版）甚喜，赋诗二首以贺。

306　东坡凝眸白鹭翩

澄迈老城通潮驿，东坡凝眸白鹭翩。
而今海南申遗特，古村落群火山岩。

307　周邦彦与李师师

慢词婉约冠词家，才子本色恋奇葩。
京城少年游唱遍，梦里前事夕阳斜。

308　月夜读古诗

夜静月偏西，红烛泪待息。
莫非悄然至？蓦地狗吠急。

309　小　聚

北国尚冰封，聚会驾长风。
往返六千里，炽热豪放情。

310　此身非我有

此身非我有，营营无忘日。
丛林密密黑，光亮能透隙！
魂梦十年词，朝云莺喉起。

东坡云："常恨此身非我有，何时忘却营营！"今夜又读赵鑫珊教授，他认为"营营"就是弗洛伊德所谓的"本我"，也即一片"黑暗的丛林"。（赵鑫珊、李毅强：《战争与男性荷尔蒙》，百花文艺出版社 1997 年版，第 88—89 页）吾掩卷静思，不信。

311　长乐宫

祖龙暴虐天下乱，楚河汉界血腥战。
韩信不死长乐宫，可有百姓安居现？

312　灰霾又起

皎皎明月春水柔，灰霾渐笼廿四楼。
白云一片墨皴染，天籁湾里不禁愁。

313　元稹与薛涛

才女四友赞从容，懒懒取次花丛中。
巫峡散后武陵乐，玻璃白菜笑盈盈。

　　据传，元稹慕名拜访薛涛，却矜持笔墨，意在试探薛涛才华。不料薛涛从容不迫，立即挥笔书作笔、墨、纸、砚《四友赞》；元稹为悼念妻子韦蕙丛曾写下"取次花丛懒回顾，半缘修道半缘君"；"玻璃白菜"相传是薛涛为款待元稹所创，是川菜中的极品；元稹离蜀回京后，薛涛作《牡丹》一诗相赠以寄情怀，其中有句云"常恐便同巫峡散，因何重有武陵期。"（何乃佳：《中国才子地图》，西苑出版社 2005 年版，第 19—21 页）

314　胡兰成与张爱玲

今生今世丰澹美，妖娆惊艳知女人。
仙境之爱无情义，抚眉软语坠泥尘。

　　《今生今世》是胡兰成的一部小说，其"文字丰澹华美，妖娆一如佳人逼镜"；胡兰成第一次见到张爱玲时，便用"惊艳"一词予以形容；他曾说："我与女人，与其是爱，毋宁说是知。""张爱玲与他好时，就抚着他的眉说：'怎么会有你这么好的一个人呢！'"（引号中的文字参阅何乃佳：《中国才子地图》，西苑出版社 2005 年版，第 39—41 页）

315　孔子坦然接受"丧家犬"之喻

孔子列国游，居然无人留。郑地师不见，弟子乱告求。
路人朗朗说：东门有皓首。尧额皋陶颈，肩宽如子产。
双臂笃修长，下肢实在短。沮颓不堪言，犹如丧家犬。
可否是汝师，快去找找看！门生匆匆跑，果然老师见。
弟子学舌后，仲尼笑颜开：老丈形容我，贴切不须猜！

316　瑞鹧鸪·指导博士务精深

世间神马化浮云，
千古穿越大话贫。
不复悲歌豪放酒，
岂闻缶筑筝琵琴。

风光迥异清华日，
爱晚翠湖也诱人。
雨后花飞春不待，
论文指导务精深。

习作《瑞鹧鸪》，但龙榆生先生《唐宋词格律》中无此词之格，只好暂且依据张元幹之《瑞鹧鸪·彭德器出示胡邦衡新句次韵》的格律试填一首。

317　清平乐·尼采论瓦格纳

电光明亮，
划破苍穹相。
艺术霓虹非抽象，
音乐精神解放。

巍峨信手由之，
纤毫毕露清晰。
不懈登临绝顶，
人间一览无遗。

瓦格纳事件，见《1888 年都灵通信》（《悲剧的诞生——尼采美学文选》，周国平译，三联书店 1986 年版，第 284 页）。

318　真艺术家

虚假存在者，浩荡到无名。
泯灭小生命，化入作品中。

读崔子恩先生《艺术家的宇宙》（生活·读书·新知三联书店 1993 年版）第 10 页，论及瑞典电影作家兼导演英格玛·伯格曼的影片《第七封印》中，斯凯特把道具匕首顶在胸口请普洛格杀死自己时所说的："我的朋友，你只要推一下，我的虚假的存在就将成为一个新的确实的存在"这句台词的含义时，我对真艺术家有了一种全新的认识。

319　四知堂

王密重金贿太守，杨震当场质问之：
吾之为人汝不晓？夜幕低垂无人知！
天神你我知者四……县令羞愧忙离席。

乘机去武汉讲学，看书忘了登机。改签航班后，在天津滨海国际机场候机厅继续读台湾学者廖文豪先生著的《汉字树——活在字里的中国人》（北京联合出版公司 2013 年版），在第 165 页，知道了"四知堂"的来历。

320　落雪抚古琴

落雪抚古琴，万里无知音。
独坐须弥顶，洞穿九重云。

时间已过晚上 7 点，飞机总算从吉林飞到了天津。登机坐好之后，我翻阅起中国东方航空的杂志《楚天下》（2014 年 4 期），一下子被第 64—67 页《了悟之境：曾慧的画与仓央嘉措的诗》吸引住了。

321　梅花瓣瓣恋旧情

梅花瓣瓣恋旧情，谁用残雪妆太平？
前生来世红尘累，一声佛号彼岸行。

322　地阔天高涤我心

转瞬落叶乱纷纷，天凉泪焐诸佛身。
世间事旧旧愈旧，地阔天高涤我心。

323　我枕青山眠

雪域高原寒，邂逅密林间。
缘尽花凋落，我枕青山眠。

324　梦中漫天星

梦中漫天星，大雪冰晶封。
莲花一朵朵，枯萎舞寒风。

325　天籁湾边

一湾水绿影，小荷露珠莹。
咩咩声稚嫩，田野小牧童。

326 盛唐干谒潮

独善其身脑后栽，昂首阔步别书斋。
峨冠佩剑诗干谒，铁鞋踏破东阁开。

今天读毛晓雯女士的新著《唐诗风物志——唐人的世俗生活》（广西师范大学出版社 2014 年版）第 09—19 页，才知道在盛唐掀起了一场喧嚣鼓噪的干谒大潮。在这场大潮中，有诗才而未卷进去的文人肯定是凤毛麟角。因为陶渊明那种"富贵非吾愿，帝乡不可期"的清高，在唐人中已经没有了市场。王勃、王维、孟浩然、李白莫不如此。

327 杜甫也干谒

莫谓颇挺出，要津高位空。
君主非尧舜，盛唐累卵中。

杜甫也未能跳出干谒的洪流。他在献给韦丞相的干谒诗中就赤裸裸地要大官："自谓颇挺出，立登要路津。致君尧舜上，再使风俗淳。"毛女士对杜诗圣的后两句颇感动容，因为杜甫的"理想是让每一个人都过得幸福"。（毛晓雯：《唐诗风物志》，广西师范大学出版社 2014 年版，第 17—19 页）我的感受颇有不同。

328 负累也轻盈

浪潮滚滚奔腾，时光脚步匆匆。
文化长者回首，负累成就轻盈。

灯下闲读王国平先生的文章《"现在，开始上课！"——关于"纵使负累也轻盈：文化长者谈人生"》（《光明日报》2014 年 4 月 25 日 12 版）有感。

329　炊　烟

苍莽斜晖画境中，子牙河畔浩歌声。
一缕炊烟袅袅起，沧海一声笑随风。

330　西部歌王

老人创作中，专注忘我情。
西部歌王志，传歌美性灵。

331　南水北调

自古商洛君少见，碧溪长恋武关东。
一江清水北京送，神州圆梦诞青龙。

灯下细读李育善先生的文章《商洛：一江清水送北京》（《光明日报》2014 年 4 月
25 日 13 版）有感。

332　辩证思维

西施一笑风情种，笑颦东施百丑生。
破釜沉舟项羽勇，空城计赖司马精。

333　何为普世价值

崇洋诸君莫媚外，快把人权外衣脱。
普世价值何所谓？尊严自在人样活。

334 大学教堂中

徜徉牛津剑桥镇，大学恍惚教堂中。
骑士马蹄声绝迹，学子常闻祈祷钟。

灯下阅读厦门大学教授邬大光先生的文章《大学与建筑的随想》（《光明日报》2014 年 4 月 28 日 16 版）颇受启发，令我深思遐想。

335 点绛唇·闲暇

月季花开，
浅黄深紫翩翩舞。
芭蕉破土，
马蔺丛丛绿。

四角亭旁，
斗艳蔷薇密。
小园里，
不由凝睇，
感受闲暇趣。

336 天籁悠悠

日月星光花草气，沼泽峭壁荒漠地。
酷热严寒虫兽袭，天籁悠悠哀愁去。

337　清平乐·别了，马尔克斯

现实魔幻，
霍乱时期恋。
南美风云因之变，
讲演化成《预感》。

加博拉美巅峰，
蝴蝶黄海潮涌。
葬礼神奇独特，
名篇朗诵声声。

　　灯下阅读光明日报社王传军先生的文章《别了，马尔克斯——墨哥两国政府和民众悼念诺贝尔文学奖得主马尔克斯》(《光明日报》2014年4月23日08版)深受感动。

　　加博是马尔克斯的昵称；其出生地、哥伦比亚北部小城阿拉卡塔卡的人们为他举行了一场神奇的象征性葬礼，包括"入土"仪式；黄蝴蝶是马尔克斯小说中的重要元素(《光明日报》2014年4月23日08版)；他曾在委内瑞拉加拉加斯文化艺术中心给听众作过一场讲演《我的文学创作之路》，其中那个"在脑子里想了好几年"的故事，后来成为路易斯·阿尔科利萨1974年执导的电影《预感》的剧本(加西亚·马尔克斯：《我的文学创作之路》，《光明日报》2014年4月25日15版)；其代表作有《百年孤独》(1967年)、《霍乱时期的爱情》(1985年)。

338　性感缘神秘

性感缘神秘，激情永不熄。
银幕最诱惑，美魅偷心袭。

　　阅读《光明日报》2014年4月18日15版"荐读"专栏节选电影学博士王田专著《偷心影记》关于几部获奥斯卡奖影片的随笔有感。

339 抒 怀

白昼漫漫路迢迢，童车轮椅一步遥。
往事不须回皓首，捋须引吭贯九霄。

因京、津、厦门三地的博士硕士近三十人今天为我的 66 岁生日在"瑞滨楼"欢
聚一堂感极而歌。《白昼漫漫路迢迢》系根据奥尼尔的剧作摄制的影片，由年届 53 岁
的好莱坞头号巨星凯瑟琳·赫本扮演一个具有吸毒者、妻子、母亲三重身份与性格特
征的角色玛丽·蒂龙。"她达到了人的一生中自我挖掘的顶点；她在自己身上找到了
深厚的情感，就连她自己都为之感动吃惊、甚至惊讶。"（查尔斯·海厄姆：《星运长
久——凯瑟琳·赫本传》，漓江出版社 1985 年版，第 292 页）

340 浅酌一杯酒

浅酌一杯酒，斜跨赋新诗。
小驴可堪负？青苗不掩蹄。

阅读《光明日报》（2014 年 4 月 18 日 15 版）"看图说话"栏目中周之林的画作，
突然觉得这张小画中的人好丑而驴甚美。

341 叹服司马懿

六度祁山诈屯田，持久难继卧龙难。
送去女装冀激将，老谋深算笑收单。

342　述律后断手

临危坦然述律后，挥起金刀斩右手。
百名老臣殉先皇，一举睥睨孟德秀。

343　歌德求婚

雾里花朦胧，月下水溶溶。
一纸求婚后，红唇冷冰冰。
可怜老情种，只剩太息声。

344　前车鉴

政治不中血染红，内政联袂斡旋风。
苏联解体前车鉴，中东颠覆警钟鸣。
空时外内终结后，真善谐美一扫空。
缘何非赢大宇宙，自重互尊天下平。

　　阅读《光明日报》（2014年4月23日11版）"讲武堂"栏目中刊载的中国人民大学教授王义桅为曾华锋、石海明师徒合著之书所写的评述文章《要赢大宇宙先赢小宇宙——评〈制脑权：全球媒体时代的战争法则与国家安全战略〉》之后，真不知道德、诚信、和谐、真善美究竟应置于何地？对于"全球媒体时代的战争存在三大终结。其一是时空的终结……其二是内外的终结……其三是战争的终结"的概括，实在是难以接受，无法苟同。

345 魏惠王悔

马陵惨败魏趋衰，趁火打劫商君怀。
把酒言欢骗敌帅，割地求和懊悔来。

346 厮杀为快感，我晕

原始社会长，饥寒度时光。
部落厮杀惨，拼死暂充肠。

　　为了论证"原始人的动物性战争"，赵鑫珊、李毅强写道："在原始社会和早期农业社会，搏斗、厮杀多半具有心理上的替代刺激功能。或者说白一点：A 部落同 B 部落厮杀一阵子，多半具有娱乐色彩，就像今天我们踢一场足球，把男性体内自由游离的攻击能量释放出来一样痛快、过瘾。"（赵鑫珊、李毅强：《战争与男性荷尔蒙》，百花文艺出版社 1997 年版，第 137 页）但这不是他们的发现。因为，只要翻到下一页，马上就可读到几乎相同的语句："A、B 两个原始部落之间的厮杀动机主要是为了在饱食之后，肌肉发胀，得到一种兴奋，一种快感。"这句话引自 G. Lensk 的《Human Societies》（《人类社会》，1987 年英文第 5 版，第 151 页）。他们怎么能这样写作呢？这不是什么都不能证明吗？我真的被弄懵了！很晕！

347 远古神话生何处

伊拉瘟疫降凡尘，惩罚原罪亚述人。
幸亏火神苦苦劝，宽恕成就巴比伦。
远古神话生何处？月明梦乡灵肉分。

　　塞·诺·克雷默在《世界古代神话》第 114 页写道：古代的阿卡得人有一则神话，它的作者说是火神伊舒姆在夜晚托梦给他，"清晨起身，他一行也没遗忘，一行也没有增益。"

348 吴起悲乎

卫民造谣污水泼，不禁怒杀卅人多。
与母话别发狠誓，不为卿相不回折。
鲁地孔门师曾子，昼夜研读大名播。
母丧不归曾参恶，杀妻求将穆公责。
用兵似神秦军惧，爱兵如子拼死搏。
岂料不敌门下客，将才无奈小人何！
远走楚国图大展，君王器重猛改革。
叵耐王死权贵起，万箭穿身玉体驮。
太子窃喜屠戮狠，吴起九泉可高歌？

349 商鞅缘何投秦

商鞅贵族后，姬姓卫国人。刑名最酷爱，希冀世无伦。
恰逢魏鼎盛，投靠相国门。才干公叔赏，数度荐国君。
惠王不任用，临终痤赌拼：君王务拜相，不用务除根！
魏王笑不语，老人顿惊魂。倏忽意念转，扭头警家臣：
赶快逃命去，切莫误时辰！魏王惜名誉，怎会滥杀人？
商鞅镇定语，料事有似神。无奈终不用，蹉跎闲置身。
辗转难度日，蓦地天籁闻。一纸求贤令，飞马赴西秦。

350 读海涅想起……

伟人多激情，歌德苦恋终。
天国人间望，可羡杨振宁？
人生岂止米，相期以茶行。
回眸笑西子，泛舟五湖风。

351　商鞅变法之叹

一擢左庶长，孝公拜商鞅。治世不一道，利国法今王。
大刀断陋弊，阔斧新政急。法律颁布后，百姓重重疑。
国都南门外，长柱三丈屹。谁扛北门去，十金赏给你！
此事好奇怪，全城目光聚。犒赏十累加，五十有人起。
一举万民信，新法权威立。贵族反变法，镇压实严厉。
太子被挑唆，公然触法律。众目睽睽下，酷刑挞太傅。
什伍连坐推，轻罪重刑裁。登记难行路，告密囚牢来。
成效好显著，行路不拾遗。人足乡邑治，车裂商鞅躯。

352　旁观未必清

当事自易迷，旁观未必清。
人人皆如此，理性情感蒙。

353　鲜活死寂涅槃生

鲜活归死寂，涅槃又新生。
雄浑悲壮史，史记天籁声。

354　天地逆旅莫悲戚

海涅牛顿拿破仑，匆匆过客化烟尘。
天地逆旅莫悲戚，文明史只精神存。

355　生命涌现精神花

狂风暴雨雷电加，地球汤中奇迹发。
无机物质有机化，生命涌现精神花。

356　语言生自求生中

非洲南猿人类祖，进化漫长太苍古。
原始围猎危险多，手语比划挥石斧。

357　自断坦途

侯嬴策划救赵，如姬窃取虎符。
朱亥锥杀晋鄙，信陵走完坦途。

358　师者追梦

初春狂风卷黄沙，红柳嫩芽映晚霞。
且末育人师者梦，沙海绽放自由花。

359　受挫死亡链

伟人更多力比多，皓首红颜缘分薄。
不幸歌德乏预见，受挫应激不复歌。

360　自然的温馨

鸢尾杜鹃郁金香，玉兰塔松看白杨。
悠闲温馨丝丝怨，囡囡依偎娘身旁。

《自然的温馨》一文是张炜先生那一篇篇源于图片，而又远远游离于那些图片，从而更多地袒露作家自己精神世界的，比较少见的散文集《凝望——四十七幅图片的故事》（山东画报出版社 1998 年版，第 1—5 页）中的开篇之作。

361　天籁湾里梦

天籁湾里麻雀飞，春风满院蔷薇摧。
亲友偶来古井贡，弟子慢品金骏眉。

362　敬　畏

大树壮山河，油然敬畏多。
枯草凄风舞，双手迭心窝。

363　空　难

二百三十九条命，十七日夜无影踪。
多少船舰搜救久，无比奇特不奏功。

364　惊世骇俗两发现

地球一埃尘，远距宇宙心。
人非神独创，古猿进化轮。

365　天地遥隔纸一层

海到天涯水贴天，山登峰顶凌虚空。
万籁无声心音重，天地遥隔纸一层。

366　一树梨花压海棠

一树梨花压海棠，赏心悦目力比多。
只缘传统旧习在，神州顿起地震波。

367　我真得读不懂伯格曼

直觉长矛抛黑暗，思考派人去探险。
丛林何处觅长矛，无路通达思维探。

　　午饭后有一点儿休息时间，我翻阅起杨文虎先生那部对我极富启迪与挑战的专著（杨文虎：《艺术思维和创作的发生》，学林出版社1998年版，第66—67页）。他在深刻论说与引证的"第二章　隐喻思维"写道："试想有几人能创造出像下面这样的隐喻来：'我把一支长矛抛入黑暗。这是我的直觉，然后我派一支探险队到丛林里寻找这支长矛和探索通往长矛的道路，这是截然不同的另一个过程，这是我的思维能力。'（瑞典电影导演英格玛·伯格曼语，载《世界电影》1987年第6期）"

　　如果，把《电影世界》里的译文稍稍改动改动，或许绝大多数想读伯格曼的人读起来就好懂多了：

　　我把一支长矛抛入黑暗，这是我的直觉；然后，我派一支探险队到丛林里寻找这支长矛，探索通往长矛的道路，这是我的思考。这里存在截然不同的两个过程，即直觉与思考。

368　叹服古尔德（1）

著名学者大师级，进化重演鼎盛期。
考证蜗牛自然史，间断平衡享誉琪。
七部沉思随笔体，熊猫拇指奔马蹄。
反思遐想理深刻，阿西莫夫难企及。

　　MBA 的课终于讲完了。回到我的办公室 25–A–1106 后，迫不及待地翻开了斯蒂芬·J.古尔德教授的名著《自达尔文以来——自然史沉思录》，忙不迭地阅读起来。因为，过一会儿，就有博士生来找我，要讨论他们的论文。

369　叹服古尔德（2）

我们怜悯宠物鼠，哀其仅活一二年。
环顾哺乳动物类，人生近百乐颠颠。
其实完全没必要，一生心跳定数间。
小鼠心跳嘀嗒快，跳够次数命即完。
人高马大跳迟缓，生命步履似庄严。
绝对不变心跳数，寿命长短莫数天。

　　斯蒂芬·J.古尔德教授是大名鼎鼎的进化论者、古生物学家、科学史学家和科学散文作家，他居然还深刻地理解广义相对论。这一点恐怕我们的教育体系难培养出来。

370 南普陀寺

厦大南门外，普陀五老峰。
香客芸芸众，拜求为己诚！

371 一拜未果佛不灵

普陀香火盛，菩萨忙碌中。
一拜若未果，嗔怪佛不灵。

372 张海书法

古稀书纵情，大笔濡染中。真行草通隶，意外之趣生。
草篆取方扁，行草皆横撑。丈二书长卷，行气自始终。
点画苍劲辣，折笔圭角峥。连带飞白现，笔力深湛功。
胸次正大气，古劲高远风。创新一以贯，何日游散锋？

373 哈姆雷特

王子粘液质，忧郁行动迟。
重重疑虑重，生死不解题。

374 绩 效

高校论文有灵光，昨夜急就廿卅张。
清晨重读冗长散，信手抛入垃圾箱。

375　楚骚浩叹

楚骚缘何浩叹多，时代不解天问歌。
离骚高洁现实臭，山河残破濯汨罗。

376　诗仙浩叹

诗仙浩叹缘何多，大志高才醉蹉跎。
举杯邀月舞凌乱，价值追求有偏颇。

377　枭雄浩叹

枭雄缘何浩叹多，人生几何对酒歌。
天下一统指日待，周公吐哺污水泼。

378　人生苦短

人生苦短发浩叹，壮志未酬醉酒歌。
粘液抑郁皆不是，气质大抵胆汁多。

379　我理解的不差太多

抑郁愁眉苦脸，粘液长吁短叹。
多血勃然出拳，胆汁临危不乱。

380　居里夫人

沥青铀矿含镭微，测镭原子得纯镭。
一个女子棚屋内，筋疲力尽理想飞。

　　读法国女作家弗朗索瓦兹·吉鲁所著《一个无上荣光的女人》一书中有关居里夫
人发现金属镭的片断"居里夫人与镭的发现"（顾训中：《百年激荡：记录世界100年
的图文精典》，复旦大学出版社2001年版，第1—8页）所感。

381　萨拉热窝枪声起

萨拉热窝枪声起，奥匈皇储血流急。
骏马两匹高价卖，千百万人命归西。

　　读美国著名军事评论家汉森·鲍德温的《萨拉热窝的枪声——第一次世界大战爆
发》（顾训中：《百年激荡：记录世界100年的图文精典》，复旦大学出版社2001年版，
第9—14页），本文引自他的《第一次世界大战史纲》。

382　人间地狱凡尔登

人间地狱凡尔登，德法殊死惨烈争。
战火熊熊燃十月，生灵百万俱随风。

　　读英国从事军事史研究的作家杰克·雷恩的《凡尔登战役》。本文引自他的《第
一次世界大战的重大战役》（顾训中：《百年激荡：记录世界100年的图文精典》，复旦
大学出版社2001年版，第15—23页）。

383 驯鹿生北美

驯鹿生北美，初生能站立。
很快随慈母，踉跄奔跑起。
万水千山历，一生逾万里。
敢问造物主，安排瞩何意？
风雪奔波苦，奔波即目的？

384 翠喜露莹笙歌中

翠喜露莹笙歌中，爱憎志趣大不同。
宦海逢迎弘一起，大义情动少帅容。

　　从北京西客站乘 G509 次去郑州，信手翻阅上午在天津站刚买的书。读了其中两篇文章《名动朝野的性贿赂：解密 1907 年的清廷政争》与《被爱拒绝的"四大美女"之郑露莹》（吕志勇：《出轨的历史：小人物创造的世界》，华中科技大学出版社 2014 年版，第 209—236 页）之后，我的感觉是作者的确是一名省作协会员，会讲故事，但绝不是一位学者，尤其不是一位历史研究学者，既不严格区分小人与小人物，更未区分出"小人式小人物"与"君子式小人物"，而且杨翠西对清廷政争的影响与郑露莹对张学良的影响从而对西安事件的影响是不可都视之为"小人物创造的世界"的。因此，书市上又多了一部戏说。

385 未来可有穷

人类文明史，碰撞杂交成。
过去渺茫远，未来可有穷？
现在无边际，甘甜苦痛中。
意识如不在，真善美顿空。

386　区区一撇

参谋下令心不经，沁阳写作泌阳城。
区区一撇三军败，冯阎梦美顿成空。

读《糊涂的作战参谋》（吕志勇：《出轨的历史：小人物创造的世界》，华中科技大学出版社 2014 年版，第 233—234 页）一文，真是思不得解。

387　江海滔滔搏风浪

大雨滂沱狂奔跑，寒风凛冽冷水浇。
江海滔滔搏风浪，体魄野蛮盖世豪。

到郑州入住黄河饭店 710 房间后，再也没有阅读《出轨的历史：小人物创造的世界》一书的丝毫兴趣，取出在天津站买的另一本书《独领风骚：毛泽东心路解读》（陈晋：《独领风骚：毛泽东心路解读》，中国人民大学出版社 2013 年版），读了没几页立即被吸进去了。

388　横空出世主沉浮

横空出世主沉浮，坐地巡天狂飙图。
英雄遍野夕烟下，独领风骚引正途。

389　人生岔路奋读书

湘潭米店拒学徒，人生岔路奋读书。
惊天动地启千古，诗意拓开别样途。

390　迈步从头路漫漫

娄山关上雁鸣晨，赤兵腿断血战昏。
迈步从头路漫漫，夕阳似血心沉沉。

　　钟赤兵是红三军团某团团长，在袭取娄山关一战中，被打断一条腿。毛泽东在登上这座雄关的山道上，迎面碰上他，询问过他。很多年后，毛泽东还谈起过这个细节（陈晋：《独领风骚：毛泽东心路解读》，中国人民大学出版社2013年版，第87—91页）。

391　本非经意沁园春

重庆谈判间，传唱沁园春。本非经意举，惊扰上层魂。
连篇谩骂和，累牍恶批文。鸦鸣蝉噪作，一读饭可喷！

392　风骚独一格

思瑰惊众者，精英共服折。
民族何归仰？风骚独一格。

393　风骚悲壮雄

走出韶山冲，脚步急匆匆。
长臂拥五四，湘水大涛中。
白色血腥里，猎猎旌旗红。
瑞金排挤狠，遵义逆风终。
窑洞一灯亮，长缨缚苍龙。
摧枯拉朽后，千里莺鸣声。
任重道自远，风骚悲壮雄。

394　风骚独领领袖才

大洋彼岸记者来，昏灯晤谈渐开怀。
一首七律传天下，风骚独领领袖才。

395　秋收暴动霹雳声

秋收暴动霹雳声，镰刀斧头潇湘冲。
三路人马受挫后，何去何从听书生。

396　猎猎红旗傲山巅

羊肠小道峭壁悬，石垒哨口两峰间。
云雾弥漫手可触，猎猎红旗傲山巅。

397　悲凉一扫礼赞秋

秋高气爽山峦秀，黄菊遍野清溪流。
上杭城南临江眺，悲凉一扫礼赞秋。

398　真风流自大诗思

龙岩七代会，书记选举失。打击颇沉重，大病患疟疾。
疟疾难治愈，蛟洋暂隐居。隐居入山洞，外界焉有知？
申报谣病故，讣告信不疑。绝叹柳亚子，七绝毛润之。
重阳采桑子，风流大诗思。

399 雨后斜阳旧战场

宁都会罢瑞金返，参天古树满关山。
雨后斜阳旧战场，郁闷砥砺菩萨蛮。

400 战骥咳咳秋风瑟

残阳如血笼于都，夜幕沉沉上征途。
战骥咳咳秋风瑟，牵手送别老乡哭。

401 四渡赤水妙用兵

遵义会议反"左"倾，重握军权毛泽东。
沉寂三载复出后，四渡赤水妙用兵。

402 风光无限在险峰

风光无限在险峰，绝顶缥缈无路行。
斩棘眻眐已太远，天纵无奈浑天矇。

403 多情杯酒谈笑资

诗为文章末，谐谑谈笑资。
多情杯酒伴，曲尽一寓诗。

404 天本无情天会老

天本无情天会老，沧桑互易人莫焦。
宇宙多多互侵扰，可随庄子任逍遥。

405 不再天问自放歌

现代物理新论多，多个宇宙平行说。
如此诡异我不解，不再天问自放歌！

406 台湾神祇妈祖

福建少女林默娘，天生游泳技超强。
风雨覆舟救落难，矢志不渝廿七殇。

407 科学注重怀疑

科学可有漏洞存，何方突破成圆融？
试错探究殚精虑，或有灵感顿悟生。

408 杏花西湖雨

心灵呼唤促，我来西子湖。匆匆飞千里，春雨杏花泥。
竹叶晶珠颤，垂柳逗涟漪。情仇爱恨聚，苦难辉煌集。
温婉柔媚致，浓淡两相宜。鹅黄羡姹紫，默默数雨丝。
千年至美者，我看惟有诗。

409　捷克烤猪肘与皮尔森啤酒

猪肘腌制木烤成，表皮金黄透橘红。
舌尖轻轻顶上齿，肥肉厚厚竟碾平。
油脂糯糯嘴角润，鲜啤爽爽胃囊中。
满足高高心胸逸，天堂之乐味蕾融。

410　卡罗维发利与米兰·昆德拉（1）

旅游到此莫思考，思考上帝会发笑。
温泉小镇爱恋地，捷克国宝法国娇。

411　卡罗维发利与米兰·昆德拉（2）

秋深风景宜人好，万木红透山谷娇。
建筑风格情趣异，美人不堪轻飘飘。

412　赫拉巴尔"扫店喝酒"

赫拉巴尔扫店行，伏尔塔瓦河上风。
阵阵芬芳黄昏景，心神不定啤酒空。

413　克鲁姆洛夫的地窖餐厅（1）

小镇石板街道，石门低矮粗糙。
夜幕降临美妙，啤酒烤肉面包。
地窖餐厅醉倒，梦幻渐行渐高。

414　克鲁姆洛夫的地窖餐厅（2）

凄柔落日光，地窖餐厅忙。
烛火人影动，猪肘渐溢香。
英德捷克语，欢笑错觥筹。
烤肉一端上，啧啧垂涎长。

415　卡夫卡写作小屋

黄金小巷短，墙壁湖水蓝。
房号二十二，写作避嚣喧。

416　阿根廷诗人扫罗·尤尔克维奇

天上透光明，忽闻甜美声。
轻轻呼唤我，扫罗随俺行！

闲读范晔《诗人的安魂曲》（《旅行家》2014 年 4 期）一文有感，赋诗 3 首。阿根廷诗人扫罗·尤尔克维奇的原诗如下：有一微声／甜美／呼唤我／……扫罗……扫罗……

417　静夜自怡然

明月起高天，举头吟诗篇。
绿茶呷一口，静夜自怡然。

418　画家贾科梅蒂奇与热内的对话

做个塑像土埋起，
待他忘记他自己。
那时我们发现其！

主意贾科梅蒂奇，
热内闻听顿生疑：
塑像展现给死尸？

419　秘鲁诗人塞萨尔·巴列霍的记忆

暴风雨里我将死，秋季巴黎礼拜四。
清晰记忆就那天，墓地蒙特帕斯去。

塞萨尔·巴列霍的原诗如下：

我将要死在暴雨的巴黎 / 对那一天我已拥有记忆。/ 我将死在巴黎——我不逃避 / 也许在星期四，就像今天，在秋季。

420　物质精神怎转化

光速平方乘质量，能量为正不思量。
物质精神怎转化，无限障碍重重墙！

421　诗经析取卅三首

诗经析取卅三首，读错错读一一抠。
专家不必诗神否，好玩直取诗源头。

422　古诗古韵今何云

古人作诗都押韵，今人赏读毋庸疑。
而今我辈吟新句，汉语拼音今韵宜。

423　野性昂扬颂死亡

一入竞技场，野性顿昂扬。
黄沙饮碧血，狂欢颂死亡。

424　陆羽问道

陆羽问道竹林前，老者淡定无语谈。
俯首凝眸品茗后，茶经悠悠垂万年。

河北农大赵胜利教授邀我和陶佩君教授等人到他姐姐的《茗朴茶馆》品茶，墙上挂着一幅《陆羽问道》大画。

425　大型野兽几死光

罗马小城弹丸乡，发财致富劫掠狂。
闲暇竞技角斗死，观众狂热顿激昂。
鲜血滚烫如泉涌，血洗铠甲才荣光。
七百年里七十万，大型猛兽几死光。

闲读毛晓雯《光荣与伟大属于强者》（《唐诗风物志》，广西师范大学出版社2014年版，第245—253页）有感。

426　疯狂娱乐解诗经

欲望煎熬缺憾生，儒林外史怨憎浓。
隐隐当年敬梓影，疯狂娱乐解诗经。

427　知音竟如此

抚琴手边蝇乱飞，扬手挥去又复归。
瞬间恼怒杀机起，知音遥遥辨细微？

428　子都邪恶千古骂

子都公孙阏，心胸狭邪恶。
郑国大帅哥，败絮金玉裹。
嫉妒战功卓，冷箭英雄堕。
千古骂声多，忏悔名败落。

429　古之讴歌女性者屈子曹公而已

史上千家纵论纷，讴歌女性曹雪芹。
莫道文坛皆缄口，一脉遥迢屈骚魂。

430　贾生忧愤吊屈原

无路可走清流湍，空留天问锈云烟。
先秦典籍无只字，贾生忧愤吊屈原。

431 唤醒骚魂靖世间

史记照录离骚传，长沙太傅吊屈原。
忧愤哀怨浓浓墨，唤醒骚魂靖世间。

432 而今草根笑骚坛

楚地秭归乐平里，四面青山绿水环。
橘颂九歌春秋冷，而今草根笑骚坛。

433 孔雀东南飞

汉末建安焦仲卿，庐江小吏鼎鼎名。
母命不违绝情爱，投水缢树伉俪铮。

434 红楼一梦醒何处

繁华迷幻万景空，无上悲悯孕真情。
红楼一梦醒何处？显幻归真妙悟通。

酒后读王德岩博士《红楼一梦，醒向何处？》(《光明日报》2014 年 6 月 3 日 07 版)
一文，视角独特，颇受启发，甚喜。

435 奢侈而放荡的盛唐

秦楼楚馆红袖香，唐人眷恋温柔乡。
春风十里无不在，黄沙血染猥营娼。

436　一篇读罢步朦胧

一篇读罢步朦胧，正解诗经鼻祖生。

诗神不是神经症，卖糕声声似愤青。

在天津站又买了一本挺好玩的书《那些年，我们读错的诗经》（广东旅游出版社 2013 年版）。作者赵缺，自称诗神。封面上一个醒目的大红圆圈，内书"国学娱乐派鼻祖诗神赵缺追根溯源正解《诗经》"；广东旅游出版社宣称这是"最纯正的国学最疯狂的娱乐"。摆足了大话戏说的架子，大有直冲着二人转追去的意思。车上一翻，的确比它所攻击的"砖家"厉害得多多了。

437　想象力

陶钧文思宜虚静，空寂瑜伽凝精神。

澄观本心腾万象，通载无阂渡迷津。

刘勰在《文心雕龙》论述想象的《神思篇》中说："是以陶钧文思，贵在虚静，疏五脏，澡雪精神"；陆机则云："恢万里而无阂，通亿载而为津"。（转引自杨文虎：《艺术思维和创作的发生》，学林出版社 1998 年版，第 98 页、102 页）

438　杜甫或缘此而励志

战乱宿荒村，悍吏夜抓人。衰翁逾墙走，老妇哀戚音。

三男皆戍邺，两儿已无魂。儿媳虽年富，出门却无裙。

何况孙褟褓，哺乳靠娘亲。军爷为复命，何不拘老身。

愿赴河阳役，炊饮洗衣尘。留他娘孙在，合家念君恩。

声断万籁静，意乱心如焚。一家已破碎，何以慰老人？

社稷渔阳乱，直言谏圣君。龙颜纵嗔怒，此生不昧心！

439　清平乐·西方还能主宰多久

栽培绿色，
兴起丘陵侧。
交替繁荣两河涩，
战祸止息孰测？

神州崇尚怡然，
炎黄赓续绵延。
一度惨遭蹂躏，
而今复兴斑斓。

夜雨淅淅沥沥中，翻阅伊恩·莫里斯的《西方将主宰多久》（中信出版社 2014年版，第37—64页）第二章中的五节，即"懒惰、贪婪创造了西方特色的生活方式"、"失乐园"、"变化的天堂：人类生产方式的巨变"、"猜测与预言：东西方的生产活动对比"和"伊甸园之东：中国最早期的农业文化和西方有多大差别"引起我的联想与思考。

440　管仲聚才敛财道

九州秦楼何时建，春秋管仲始创开。
各地英才纷纷至，花粉白银滚滚来。

441　防范"独狼"

独狼恐暴袭，突发比利时。四人死非命，反恐新课题。
网络强监控，法国重拳击。立法防恐暴，有效开端倪。

442　酒桌上应刘先生之命口占

范进中举自然难，清华考取只等闲。
只要心中存一念，诗坛玩笑我扬鞭。

在河北农业大学参加农学院农业推广专业硕士生答辩后，与几位老师二十余位学生一起欢聚庆祝。席间，七十多岁的刘先生知道我写诗后，要我即席赋诗，做七绝两首。先生大我不少，不好推辞，恰好有人说到考清华北大之难……

443　天净沙·文化都得火吗

清明端午中秋，
复苏法定公休。
传统民俗深厚，
悠悠淡化，
断难火起乡愁！

《光明日报》连发两篇文章，讨论《传统节日：文化如何火起来?》和《今天，该怎样过传统节日》? 咳，节日非得火文化? 今天，只要你不影响别人，想怎样过就怎样过呗！

444　动荡内战《利维坦》

保皇圆颅乏异见，查理一世头被砍。
克伦威尔握重权，恢复国会屡解散。
芸芸众生何所期? 谋求和平息内战。
接受国王已不难，横空出世利维坦。

阅读菲利普·鲍尔的《预知社会——群体行为的内在法则》（当代中国出版社2007年版，第1—21页）。

445　黄炎培之问

我生六十年，兴亡勃忽焉。
如何找新路？中共诸君贤。

"核心价值观百场讲坛"首场报告由中国社会科学院宗教学博士叶小文于 2014 年 5 月 30 日在中国人民大学逸夫会堂开讲。其题目是《民族复兴中国梦的文化根基与价值支撑》（《光明日报》2014 年 6 月 4 日 05 版）。他一上来就弄出个"三君子问出'文化焦虑'"，第一问是黄炎培之问。

446　梁启超之问

郑和下西洋，史上最荣光。
而我从兹后，竟无赓续尝？

447　李约瑟之问

华夏智力若同我，缘何欧陆着先鞭。
个中原委究何处，李约瑟谜破解难。

448　制度设计优先

人无文化浮躁浅，其亡难免不忽焉。
跳出人亡政息律，制度设计最优先。

他对第一个问题的回答实在不能令人颔首。要想跳出"人亡政息"的周期律，是不能寄厚望于他的"文化涵养"的。因为，其解决端赖于卓越的制度设计与政令的不苟执行。

449　一穷今日不似去

大清格格事儿多，谍海美女搅风波。
一穷今日不似去，文化焦虑撞心窝。

450　有钱就任性

万二一个爱尔维，部长心中算珠飞。
纽扣错扣煤老板，拎走十个不动眉。

叶小文那个引爆全场的"山西煤老板"段子在酒桌上、或几个朋友侃大山，挺不错的。可用在这么庄重的"核心价值观百场讲坛"首场报告中似乎不那么富有文化涵养与文化底蕴。

451　从容大气答富有

当年恋爱追军衣，而今工资享部级。
从容大气答富有，彰显脱贫焦虑畸。

"我们富了吗？我们富了。"叶小文博士的这个自问自答，我读后很不是个滋味。

452　悲天悯人

周是旧邦系维新，厚德载物君子魂。
家国情怀济天下，悲天悯人笃行真。

第一遍读到叶小文博士讲到"富起来更要'厚德载物'"时，很感佩。今日再读，我觉得"富起来不仅要'厚德载物'，更要'悲天悯人'"才行！

453　天净沙·过邢台小康庄

红花绿树白墙，
麦田荡漾金黄。
机器收割好爽，
三五天后，
玉米新苗昂扬。

454　冒雨膜拜德加

德加画浴女，不怪不野她。法国印象派，首都展才华。
少年天才纵，勤奋始成家。艺术若长久，膜拜有德加。
赵蘅拜又拜，雨中灵感发。芭蕾舞十四，逗人思翩跹。
一厅独封闭，斜裸灿若霞。淡彩奥博馆，人散雨滴斜。
暮色裹依恋，塞纳水哗哗。大展窥裸体，雨披粉红佳。

　　自诩"成熟的画家"的赵蘅女士在奥赛博物馆大厅里画出她颇为自得的淡彩画——《冒雨等候进入奥赛博物馆》，"一幅以粉衣少女为主……灵感从天而降天助其"成功的画作。"她身姿高挑，金发碧眼，雨披粉红，甚是出众。"

　　今早阅读画家赵蘅的《冒雨膜拜德加》文章之结尾"归国后，懂法文的儿子翻译后才弄清（她自己和那些冒雨排队去膜拜的）那个大展的主题是《封闭大宅的窥视者》。人们个个拥有肉体，却对裸体总有心理排斥、畏惧和好奇。我们是否应该对德加们多几分敬意？"似乎是应该！不过，这些冒雨排队者步入最后一厅，看到那"棕红色调，浓烈而灿烂"的"一个浴女，斜裸着背正倚在浴巾上"，您扪心自问："我是一个窥视者，还是一个膜拜者？或者我根本就说不清楚！"（赵蘅：《冒雨膜拜德加》，《光明日报》2014年6月8日12版）

455　九死一生赤子生

九死一生赤子生，赤县风云炸雷鸣。
七三墓道青青冢，鄱阳湖涛默默听。

456　慈母的守候

夕阳染红暮归牛，乡愁郁郁绿水流。
家屋炊烟一如旧，春晖未报霜满头。

457　海战觞

甲午两圈绕，忏悔未见道。
小鬼再喧嚣，钟馗长剑啸。

458　禅　修

禅修抑郁解脱，忏悔对谁颂歌？
诗作晦暗幽默，感觉不可言说。

459　佛　说

大千世界差异丰，乐趣重重矛盾中。
心外果真无一物，空空如也心亦空。

460　亦狂亦侠亦温文

自默祈堂名，枞敔文子声。
"枞为始乐义，犹自与鼻通；
敔则止雅会，天地静默中。"
以此名堂室，内蕴发轫功。
不由击节赞，无愧文子称。

崔自默《亦狂亦侠亦温文——文怀沙先生素描》之文题取自钱锺书称赞文怀沙之联"非陌非阡非道路，亦狂亦侠亦温文"。今晨读来，对"枞敔"与"自默"二字联类之紧密，感触更深了一层，试以诗记之。文怀沙，名奫，字怀沙，号燕叟。

461　文怀沙之如是观

德高毁誉来，事修诽谤栽。
不遭人嫉妒，大抵真庸才。

462　当代英雄

骚赋逼汉唐，行草过张王。
闲暇钓鱼岛，踌躇胜周郎。

463　将军百战金甲脱

将军百战金甲脱，踌躇高皇大风歌。
长乐宫阙灾变后，高枕无忧燕乐多。

464 钱塘江潮月月生

钱塘江潮月月生，伍员文种焉数清？
忍看高皇长乐血，蒽嗅太祖石头腥。

465 乐妓奖励李龟年

岐王宅邸曲律旋，秦音楚乐李龟年。
妓者拜服厚馈赠，悦我举止须眉巅。

466 诗不当只言志

五绝七律当言志，志在金戈铁马中。
如此一来范式立，宋词元曲专抒情。

467 唐诗宋词华夏风

唐诗宋词华夏风，大美至善笃纯情。
人间大美何处觅，百姓日常苦乐中。

468 游昭陵

五月盛京草木长，昭陵松柏雨风凉。
涟漪湖光游人乐，林深无暇谒帝王。

469　清平乐·森林消失人类危

森林消逝，
繁盛荒芜地。
有限资源贪梦炽，
人类难逃末日。

地球万物摇篮，
理应敬畏自然。
转轨共存实现，
我们才有明天。

470　菩萨难（1）

祈福不辞远，驱车五台行。
重金许宏愿，菩萨怎显灵？

471　菩萨难（2）

正月十五求佛灵，万千香客台怀中。
殊像莲座五爷庙，熊熊香火烟浓浓。

472　菩萨难（3）

殊像古刹鼎沸声，还原一掷万金轻。
慈悲异化贫富异，马太菩提灵犀通。

473 越王勾践的负面示范

勾践灭吴归，斑斑劣迹飞。

成王败寇论，善恶至今非。

读黄朴民先生文章《越王勾践的负面示范》（《光明日报》2014 年 6 月 18 日 14 版），痛快！当浮一大白也！我早有此感，在称颂西施的诗词中曾有所流露。今读此理论文章，不由地勾起往日之思，赋诗以记之。

474 澄心论萃散步难

月色荷塘氤氲中，湖边爱晚着暖风。

澄心论萃闲散步，质如珠穆朗玛峰。

475 环球凉热我付出

青史转捩起南湖，再造乾坤世界殊。

千帆竞渡同筑梦，环球凉热我付出。

476 莫哀叹水不能复纯

奇点大爆炸，时空倏忽真。

本无蕴万有，万有浑一身。

宇宙汤混沌，后有纯净存。

而今莫怨叹，太初乱纷纷！

477　清平乐·狂飙

修文锦绣，
精玮昆仑手。
化大咿呀冲天吼，
振奋精神抖擞。

砚耕苦索绸缪，
科学决断宏谋。
短短三年崛起，
师生企盼鳌头。

478　浮躁时代得淡定

音域受限格笃难，上口传唱品味庸。
浮躁时代得淡定，空谷回音或可生。
白云深处化古意，当下情怀涤心胸。

闲读金兆钧先生短文《白云生处有人家》，颇受启迪，遂激起写诗之欲望。

479　鄂尔多斯响沙湾

瀚海无垠上云天，黄龙突兀响沙湾。
大漠茫茫冲浪戏，金沙滚滚天籁旋。

480　成吉思汗陵

铁骑声声欧亚焦，弯弓响遏坠大雕。
气吞山河震今古，戴胜喑哑泣天骄。

481 内蒙大青山

内蒙大青山，峻岭云海间。
奇峰白桦老，巍巍不知年。

482 幸福常忘乎所以

幸福常忘乎所以，痛苦或激发醒清。
朋友哦我得劝你，目标是享受过程！

483 汝何去何从

不是追求苦，更非自取辱。
苦来辱面临，何去何从汝？

484 勾践称霸属流氓

知人论世何立场？成王败寇视角盲。
夫差一死尊严在，勾践称霸属流氓。

485 卑鄙无耻献西子

夫差热肠赈灾荒，勾践冷血馈熟粮。
卑鄙无耻献西子，理直气壮称霸王。

486　卧薪尝胆谬千年

绍兴古史谁盛名？当仁不让勾践雄。
卧薪尝胆千年颂，长颈鸟啄范蠡称。
阵前囚徒自刎惨，血腥惊魂奏凯功。
彻头彻尾下三烂，邪恶丑陋忕从容。

487　与毛毛小饮蓦然有感

格格媚艳事无多，幻想出宫啃馇馇。
谈笑风生卿欣赏，电影迷魂现实掴。

488　清平乐·贺《章太炎全集》出版

先驱泰斗，
古奥革新手。
近代中国绝鲜有，
学界研究不够。

先生著作崇山，
包罗万象深艰。
抢救持续卅载，
为存著述真全。

489　守成更赖勇气多

社会日益重创新，守成更赖勇气多。
清新真诚二人转，原汁原味演录播。

490　铁岭符号

铁岭流放地，记载明代时。重臣硕儒聚，名士才子集。
大批迁徙客，思想碰撞激。苦闷忧郁重，开心寻觅亟。
热闹低层次，转向审美怡。久而久之后，快乐文化遗。

"东北二人转的生存与发展暨'铁岭文化现象'研讨会"观点摘登（《光明日报》2014 年 6 月 14 日 06 版）。

491　耳中旋律是家园

勾肩搭背二人转，喜怒哀乐曲中传。
高雅粗俗君莫问，挤兑不屑暂休闲。
异国他乡闻此调，热泪盈眶一瞬间。
犹如中国舌尖品，耳中旋律是家园。

492　社会责任重

老根舞台大，场场座不空。
社会责任重，演员未担承。
绿色二人转，止步理念层。
领军表演者，理应表率行。
不知此番语，本山可爱听？

493　民间生活原生态

民间生活原生态，传统大缸泡出来。
死戏活唱多欢快，艺术立法赖天才。

494　乡土文化记忆

房屋建设蓬勃，
家园失去颇多。
亲友疏离隔陌，
二人转里，
土语浓烈融合。

495　泥土芳香重

东北二人转，铁岭文化精。
何来感染力？乡村野味浓！
泥土芳香重，魅惑缘真情。
观赏无须品，下里巴人风。
只要百姓喜，铁岭就传承！

496　票房红火艺术稀

票房红火艺术稀，知名度高美誉低。
传统说唱冀超越，自尊自信当务急。

497　别了，皮尔洛

时间渐老岁月深，蓝衫绿茵惆怅沉。
长发飘飘皮尔洛，蓝睛忧郁泪无痕。

498　假痴不癫

假痴不癫牙咬人，基耶利尼中计深。
后点盯人出漏洞，一剑封喉血淋淋。

499　清平乐·美中不足

进攻凌厉，
防守颇严密。
亚亚图雷飞泪雨，
裁判画圈美丽。

哥伦比亚攻击，
科特迪瓦突袭。
悦目赏心较量，
惜哉错过良机。

500　天净沙·荷兰狂胜西班牙

足坛独霸十年，
垂垂倒脚催眠。
战术过时傲慢，
惨遭血洗，
绿茵彪悍荷兰。

501　一场丑陋的足球

巴洛特利不给力，几度失却破门机。
头球洞穿铁桶阵，全取三分鲁伊斯。

502　天净沙·足坛丑闻至极

足球最大丑闻，
咬人又是苏神。
闹剧引发愤恨，
风云突变，
蓝衫悲苦绿茵。

503　超越泰森

拳坛曾有泰森，龅牙而今绿茵。
赛场争名逐利，耻辱柱上沉沦。

504　忆巴乔

美国世界杯，巴乔抗死神。
凭借一己力，带队争冠军。
功臣暴起脚，点球不摸门！
仅仅一刹那，英雄化罪人。

505　攻势足球来矣

世界杯立新规制，进球骤然增加急。
保守军团相继败，攻势足球已当时。

506　世界杯谁进球多

史上神射外星客，如今可属克洛泽！
庆祝依旧空翻起，我手不由捏汗多。

507　绿茵疑

四十八场绿茵战，释放多少力比多。
先生见解难成立，依旧暴恐热血泼。

508　悲情日本

日本夺冠梦巴西，以多打少赐良机。
占尽上风球不进，背水惨败笑柄遗。

509　世界杯无足轻重

一代球星黯然去，不尽新秀笑颜来。
绿茵场本逐鹿地，过眼烟云我释怀。

深夜猛看世界杯，忽觉心慌胸闷，立即切断电源，平心静气，不思不虑，悠悠然，睡去。

510　第三位球王要登基

泪洒巴西 C 罗衰，笑傲绿茵 J 罗才。
球王南美蝉联后，欧洲无奈梅西来。

511　清平乐·巴西下场球难踢

桑巴绝妙，
前景颇难料。
内马尔新伤难好，
席尔瓦缺席了。

即将遭遇德国，
德国一路高歌。
老帅如何排阵，
心中阵阵翻波。

512　神州国脚当振奋

世界热潮世界杯，米卢折戟铩羽归。
悠悠一去二十载，国脚至今不入围。

513　绿茵几时华夏歌

足坛几度豪门折，黑马咴咴纵情多。
赤县泱泱第二大，绿茵几时华夏歌？

514　点球决胜替补神

正赛加时零比零，点球逐鹿决雌雄。
不负众望克吕尔，荷兰昂首四强中。

515　回归绿茵旧格局

两匹黑马失前蹄，雄鸡唱罢不复啼。
逢阿必败尴尬续，豪门盛宴旧格局。

516　罗德里格斯哭了

男人也弹泪，英雄会伤悲。
虽有更高处，折翅不能飞。
球星再伟大，谁踢四届杯?
哥伦比亚小，机缘能几回?

517　世界杯上教练神

一改经典四三三，神奇教练起荷兰。
卫冕惨败一比五，执教能力镇足坛。

518　巴西好惨

巴西举国泣，惨烈一比七。
如此德意志，雪耻不可期。

519　天净沙·德国横行

行云流水球传，
大门七度击穿。
世界杯中惨案，
德国球队，
令人心痛神欢。

520　战车辗碎桑巴舞

夺冠遥遥廿四年，今夜挟勇狠摧残。
目瞪口呆声泪下，绿茵凄楚神黯然。

521　清平乐·荷兰依旧无冕王

又没加冕，
傲岸无遗憾。
完胜巴西橙衣灿，
输在点球二战。

争三战火如荼，
首发主力倾出。
惊喜已然足够，
再来能否删无？

522　骏马虚空

骏马踏虚空，尘埃影无踪。
日光月光美，目光佛光通。

523　清平乐·不见球王

平平淡淡，
哈欠连连现。
跑跑颠颠拼抢慢，
悦目赏心不见。

战车左路轰隆，
奔袭远角卓功。
静待梅西定位，
屏吸鸦雀息声。

524　夜读《砚耕塘诗稿》

夜读砚耕塘，一梦临高原。皑皑祁连雪，摩崖麦积山。
边关嘉峪美，盐池落日圆。物我同一处，西北秋夜灆。

525　时尚拼死求

时尚拼死求，传统随意丢。
碎瓷化一隅，虚华契暗流。

526 《红楼梦》特种邮票发行

三百周年诞辰迎，纪念邮票首发中。
太虚幻境游春梦，一案乱判葫芦僧。
贾母接来外孙女，金锁通灵巧介莺。
方寸品得红楼梦，隔空遥祝戴先生。

527 惊涛拍岸盖世才

乱石穿空强暴来，惊涛拍岸盖世才。
耿耿戚戚随风去，遗世独立笛秋怀。

528 乌鸦遍布御史台

春光晦暗怅惘怀，乌鸦遍布御史台。
黄郡躬耕蛮荒地，落寞成圣词赋来。

午饭后重读陈世旭《黄州赤壁》（《光明日报》2014 年 6 月 27 日 16 版）的冲击性感受是：我曾经相信不少人所谓"苏东坡词与赋中的黄州赤壁并非孙、刘、曹大战之赤壁"，相信著名评论家撰文的"指瑕"。但从此文所引苏东坡《与范子丰书》来看，后人之所谓"指瑕"看来是强加于苏东坡的又一个"不足称道的冤案"。看来，没读苏东坡全集者是难以对苏东坡下断语的。其实，对任何历史伟人皆须如此。

529 一江清流笔如椽

背倚赤壁览千帆，多情华发两鬓间。
凭虚御风宠辱忘，一江清流笔如椽。

530　山峰壁立衣襟宽

山峰壁立衣襟宽，笔走龙蛇剑气寒。
乌台构陷豪气在，一词二赋出奇观。

531　尊严无泪任颠簸

千年江月起东坡，晴雨枯荣引吭歌。
一袭衣髯飘逸处，尊严无泪任颠簸。

532　黄州从此繁花树

横空出世苏词赋，雄壮悲凉绝千古。
不世才情理蛮荒，黄州从此繁花树。

533　而今依旧诵清贫吗

千秋万代诵清贫，暖如春风似甘霖。
而今世风逐富贵，才誉佳文胜黄金！

534　陈抟华山一觉

斯地有奇山，高耸云海间。险峻甲天下，清癯神超凡。
孤峰拔地起，灿灿雪色莲。瀑布来天际，幽幽密林岚。
奇山更秀水，紫气诱陈抟。青岩支颐睡，一梦悟天然。
演易释大道，太极图大端。道学终圆满，华山富内涵。

535　破阵子·井冈山

险恶井冈山麓，
武装割据新途。
围困敌军层密密，
犹自岿然浩气舒。
燎原星火荼。

弹指一挥过去，
莺歌燕舞情抒。
高路云天豪迈起，
峻岭穷乡根必除。
华章彩绘图。

536　老子西出

大道康衢孰问津？捷径羊肠倍诱人。
雅俗失衡圣哲黯，骑牛西出函谷门。

537　毕业喽

远岸沙泛白，连山峰血红。
饮罢今夜酒，鼓翼会长风。

538　嗅 VSOP 之后

友人送我白兰地，悠悠一去十五春。
今晨谑作雾喷洒，感受异样悟殊深。

539　呼唤大风

抬眼望赭亭，小亭没霾中。
天籁湾野旷，何日起大风？

540　特朗斯特罗姆

翩翩风度孰可描，忧郁深沉禅悟高。
诺奖一颁人瞩目，面目益发渺邈雕。

541　我的钦州泥壶毁了

友人送我钦泥壶，风雅可玩气意舒。
岂料敬客乌牛早，沸水注入裂纹出。

542　天净沙·含儿

小楼倚靠雕栏，
疾风密雨身寒。
瘦影依依梦断，
箫声一曲，
脉脉垂泪无言。

543　汨罗江畔动情吟

汨罗江畔动情吟，响遏流泉幽咽沉。
直入超尘脱俗境，悲凉苦寂泪纷纷。

544　恩格勒二次访华

上帝粒子发现者，低调二次神州行。
幽默严谨耐寂寞，宁静随和街坊翁。
珍惜生命重教育，兴趣好奇得成功。
贵国天翻地覆变，基础研究莫放松！

　　2013 年诺贝尔物理学奖获得者、比利时自由大学教授弗朗索瓦·恩格勒时隔二十年，日前再次来华访问，在华东师大作了题为"用创造力超越我们眼见的世界"的演讲。他于 1964 年在《物理评论快报》杂志与罗伯特·布莱特联名发表论文《对称性残破和规范矢量介子的质量》，提出了西格斯机制与西格斯玻色子理论，他们提出的粒子被称之为"上帝粒子"假设。直到 2012 年才得到科学实验的证实，他们寂寞地等待了漫长的近半个世纪。中国人噢，切切别再急功近利地年年考核自己的教授们了。宽松点儿，包容点儿吧！

545　天净沙·名师高徒

边城远阔清寥，
农村少女天骄。
受戒人皆称道，
英子绝妙，
融入翠翠夭夭。

546　鸽哨声

蓝天蓦地鸽哨声，不是边境有敌情。
少女姣笑遥招手，阳光明媚花丛中。

547　阳光如洗花木明

阳光如洗花木明，红鱼清塘桥畔松。
绿雪斋里旧器物，细雨飘来静可听。

548　鲁迅先生睡意朦胧中的美

小村秀水流，蓝天水底升。
河畔枯柳树，几支一丈红。
斑红花浮动，碎散拉长中。
缕缕胭脂水，云锦泼刺迸。
锦带裹黄狗，黄狗白云行。
白云漫村女，村女静听声。
瞬间突兀变，散碎涟漪丰。
茅舍鸡鸭狗，古寺佛塔钟。

549　隋代飞虹卧波颐

滏阳河畔雨霏霏，隋代飞虹卧波颐。
舟楫穿梭沧桑历，雨霁斜阳我心仪。

550　天河山

夫子岩顶三晋丰，冀南羞涩烟雨濛。
霓虹斜跨松葱郁，鹊桥天河两情浓。

551　读冯远《素尺童心》

早春喧闹放风筝，立夏嬉笑秤幼婴。

端午驱邪谁扮演？拾秋归仓鸡鸟争。

　　《光明日报》于 2014 年 7 月 6 日 12 版刊发冯远先生的短文《素尺童心》，并附上冯先生的几幅画作：《春早放筝》、《立夏称婴》、《端午驱邪》、《秋拾归仓》等。颇为喜爱。只是先生在短文中称这几幅串联了他当年喜爱的游戏的画为《四季婴戏图》，而那五幅画作中皆写作《四季戏婴图》。在我看来，先生短文中的"婴戏"准确，而画作中的"戏婴"之说不符合所画的内容。

552　天净沙·法国美食大餐

炖鸡蛙腿蜗牛，

宫廷烹饪考究。

配上佐餐红酒，

奢华精致，

当仁不让鳌头。

　　《光明日报》(2014 年 7 月 4 日 15 版) 摘编《国家人文历史》记者刘瀛璐的文章《申遗，以食物之名》称，"目前已被收录的与饮食 (这里少了两个极其关键的字——文化) 有关的'非物质文化遗产'有法国 (前文有'美食'二字) 大餐、地中海美 (前文为'饮'字) 食、(传统) 墨西哥饮 (前文为'美'字) 食、土耳其小麦粥、日本和食及 (似以用'和'字为妥) 韩国越冬泡菜 (这里少了'文化'两字，后文有联合国教科文组织的强调：'被列为申遗名单的是越冬泡菜文化，而不是单单包括泡菜这一食物')。"这篇摘编短文不严谨之处多多，究竟是谁的责任，原作者的，还是《光明日报》摘编者的？

553　韩国越冬泡菜文化

韩国泡菜三百种，制作方式各不同。
择菜切菜赖人手，邻里襄助事始成。
奏凯不是越冬菜，纽带分享凝聚情。
文化之都泡菜月，光州载歌载舞中。

554　传统墨西哥美食

辣椒菜豆玉米，烹制古老神秘。
餐桌礼仪不拘，美洲风情浓郁。

555　地中海饮食

饮食地中海，红肉极少吃。
最最爱大蒜，家禽深海鱼。
健康缘清淡，单纯得申遗。

556　土耳其小麦粥

婚礼隆重仪式工，传统菜肴小麦粥。
郑重清洗入石臼，研磨全程乐曲柔。
新人携手昼夜煮，全村分享古风留。
代代相传成神圣，申遗一举即馈酬。

557　清平乐·高峰立天

安然仙逝，
透彻成功释。
仰止高山经典立，
背影永存心底。

冰心静悟人生，
图书板凳修成。
昨日先生驾鹤，
立天化作高峰。

著名哲学史家、宗教学家，中国人民大学一级教授方立天于 2014 年 7 月 7 日 9 时 26 分在北京逝世，享年 82 岁。(《光明日报》今天以中国人民大学校长陈雨露在 2014 届毕业典礼致词中的一句话，"他为'成功'两个字做了最为透彻的诠释"为题发表了记者李玉兰的北京 7 月 7 日电讯稿。)

我一直感佩先生学识，敬服先生为人。曾将一气呵成读完康香阁先生所写《佛学大家方立天先生访谈录》的瞬间感受写成了一首《清平乐·方立天》：追求觉悟，半百一心路。巨著鸿篇出十部，缘起家乡佛濡。求学泰斗师从，佛学哲理精耕。基础支撑体系，立天觉醒觉行。(2011 年 7 月 12 日 10 点 17 分作)

558　贺篆书《老子》全文完成

大篆老子笔健，气势沉雄圆融。
字字别开生面，丹青穷尽史经。

王春立，画家，美术评论家。已至"不逾矩"之年，仍历时三年，完成篆书《老子》全文书法作品，填补了近百年来书法界的这项空白。弥足珍贵，可敬当贺。(于园媛：《笔健书"老子"——王春立答问》，载《光明日报》2014 年 7 月 6 日 11 版)

559 记忆的风景

转瞬即逝似曾识，前世轮回现世忆。
虚无缥缈景迷离，错综复杂隐奥秘。

我一定要买到荷兰心理学家杜威·德拉埃斯马的《记忆的风景》，认真研读，这一定会对我的研究与诗词创作大有裨益。

560 大桥脚印何人留

小妹大桥将竣工，一块黄石放不平。
能工巧匠无良策，云游洞宾此地经。
疯疯癫癫右脚踏，嘻嘻哈哈跃碧空。
严丝合缝石稳稳，半拉脚印隐隐生。

561 忆北大荒取暖

冽冽风吹瑟瑟抖，形销骨立瘦棱棱。
寒光闪闪刀锋利，茅屋暖暖灰烬蒙。

562 视角转换非等闲

一届世界杯，全球闹翻天。博彩不合法，地下赫赫喧。
一百八十亿，神州大赌盘。赌资大不大，问君如何看？
人口十三亿，人均十四元。总计三十日，日均五角钱。
如此小数据，豪赌似等闲。赌资建学校，万所有何难？

563　清平乐·隐喻警示

教堂墓地，
杂草丛生密。
圣诞未来之灵指，
斯克鲁奇悲戚。

长眠于此惊心，
哀求苦苦失魂。
莫里斯之隐喻，
东西发展成真？

　　全球著名历史学家、斯坦福大学历史学和古典文学教授伊恩·莫里斯在其《西方将主宰多久：东方为什么会落后，西方为什么能崛起》一书中，妙用查尔斯·狄更斯的小说《圣诞颂歌》高潮部分圣诞未来之灵警示埃比尼泽·斯克鲁奇的隐喻，基于"20世纪东西方社会发展的增长率"，提出"到2150年，西方的统治地位就将结束，其繁盛将如尼尼微和提尔一样成为历史。"（伊恩·莫里斯：《西方将主宰多久：东方为什么会落后，西方为什么能崛起》，中信出版社2014年版，第93—95页）我当然希望这将成为现实，而不是幻影。

564　有疑"黄金台"

千里市马郭隗精，昭王筑台忝七雄。
黄金诱惑英才聚，新君继位一场空。

565　直面庐山即真面

飞流直下赫赫喧，无限风光云海翻。
直面庐山即真面，忘形得意顿悟间。

566 个人或得"黄鹄举"

田饶有才不见用，直言相告别鲁公。
一赴燕地黄鹄举，留鲁鲁国不弱穷？

读严介和《从"黄鹄举"到"黄金台"看选用人才》（《光明日报》2014 年 7 月
11 日 02 版）一文，顿生疑惑。赋诗两首，以求辩证之。

567 修旧如故存其神

修旧如故存其神，历史后人记忆真。
留住乡情愁怨祛，古典现代血脉身。

568 普京缘何买新房

小学恩师匮住房，慷慨解囊普京倾。
重教落地兴国运，尊师垂范力无穷。

569 柳鸣九印象

鹤鸣九皋碧空波，文采斐然正气歌。
未名求学大师喻，加缪从文不凡格。
书斋固守情趣少，萨特研究砥砺多。
长江后浪推前浪，乐观其效后人说。

阅读《光明日报》2014 年 7 月 11 日 05 版人物版专访柳鸣九文章《诚实：学者的灵魂》
后的初步印象。

570　教师究竟多重要

肖恩麦考获殊荣，白宫授奖何其隆。
直率莅临奥巴马，教师确保美国赢。

571　主客情境中

老友来长沙，今夜请我茶。
举杯敬普洱，我翻作客家。

阅读遮诠法后，对王兆贵《"客"从何处来》(见《光明日报》2014年6月28日10版)有新认知。"'客'字的本义就是外来者，它与'主'字相对应……凡属外来的或宾从的事物均可称'客'，如'客气'与'主气'……'客水'、说客、刺客、侠客、镖客、嫖客、掮客、政客、漫客、黑客、闪客、维客、验客"等等的说法令我这从不上网者打开了眼界，得谢谢他。但我还是认为：他的定义并不周延，主体与客体是由每一个具体的环境与情境特殊地决定的。

572　实相识得惟有遮

大乘的论论者多，重要学派中观说。
中论八不遮诠述，实相识得惟有遮。

573　遮诠佛教思

龙泉寺里机缘奇，交流遮诠佛教思。
诚若否定得明相，深信唯识不遮之？

574 "遮诠法"

说法本就无所说,听者焉能有闻得?
诸法相空无生灭,不二法门默然歌。

北京大学哲学系与宗教学系教授姚卫群博士于今年4月在龙泉寺向听众深入浅出地阐述了佛教中的重要思维方法"遮诠法"。《光明日报》2014年7月14日16版刊载了部分内容,读之备受启发。

575 默然不答无偏见

世界常恒或不恒?选择颠倒束缚生。
默然不答无偏见,问者深陷愚昧中。

576 循循善诱遮诠行

莫忘般若波罗蜜,循循善诱遮诠行。
佛陀虽有大智慧,一切不说度苍生?

577 世界常恒乎

世界常恒或不恒?佛家哲学讲不清。
宇称守恒或不守,现代物理翘首通。

578　不语思想怎交锋

苏格拉底真智慧，思维辩证犀利风。
释迦牟尼脱痛苦，思想交锋无语声。

579　人生甘苦异生灭

人生甘苦异生灭，生存始终甘苦列。
美梦缘起欲望空，惊醒阿Q懒腰惬。

580　一语孳生无穷意

香客问禅吃茶说，赵州和尚继佛陀。
一语孳生无穷意，品茗脉脉体悟何？

581　遮诠法PK诘问法

佛祖遮诠蕴意深，否定无语竟知真。
终究不及诘问法，希腊圣哲赢我心。

582　陈寅恪碑记王国维

静安著述，时而不彰；先生学术，偶或可商。
思想自主，历久弥香；精神独立，天地同光。

583 浣溪沙·公知问答

网络公知发浩声：
"众人皆醉我独清，
庶民愚昧更无能。"

"暴虎兢兢君敢应？
冯河战战尔登程？"
"余甘设宴饯您行！"

584 石膏青铜意味深

石膏青铜意味深，对话空白显精神。
宾虹圣哲全身像，悠然自在神州魂。

585 写意非象多诗意

透析人性阿巴吉，理想思辨雕史诗。
写意非象多诗意，乐观和美为山集。

586 青铜艺术对话

虚怀若谷静默观，五千言罢再不言。
大千万象心了了，忧伤气息褶皱间。

法兰西学院通讯院士莉迪亚·哈朗布尔在《从神遇到对话——吴为山、克罗德·阿巴吉雕塑展前言》中强调："克罗德·阿巴吉所构建的无人继承的人性包裹在象征性的服装'外壳'之中。他以这些飘荡的大衣和外套来创建一个褶皱和形态变化象征体系。这一象征体系将躯体隐藏在衣褶之下，而人体消失之后留存下来的'遗蜕'又重新唤起雕塑家有关人的理念和神秘之谜。"（《光明日报》2014 年 7 月 14 日 12 版）我不得不承认，这段话不长，却难懂而意味深长。其关键的一点，可能在于西方的绘画与雕塑艺术有悠久的"裸体表达"传统，而着装的则是正儿八经的、道貌岸然的。这一点猜测的否，容后考究。

《忧伤》、《气息》、《层叠》等均为法国雕塑大师克罗德·阿巴吉院士的雕塑代表作。其中的《忧伤》与《阿炳》（吴为山作）为一组，《气息》与《三乐神》（吴为山作）为一组，《层叠》与《战神》（吴为山作）为一组，分别对应。这大大增加了对话的意向性与深入对话的和谐性。

587　艺术知己一足矣

圣人讲学列国徙，而今对话法兰西。
艺术知己一足矣，懂我当属阿巴吉。

吴为山教授在致辞中说："由于这次展览，中国伟大的圣人老子、孔子等，都来到了法国……更让人感动的是，他们将老子、孔子圣像放在了最重要的位置，并在他们的周围安排了他自己的作品，聆听中国圣人'周游列国'的讲学，这是何等的胸怀！……中国古语有'人生得一知己足已'，克罗德·阿巴吉先生长我三十二岁，他知我、懂我……"（《光明日报》2014 年 7 月 14 日 12 版）

588　人海茫茫大师稀

人海茫茫大师稀，偶知邂逅赖灵犀。
老子西出旅行者，青铜艺术对话奇。

法国雕塑家克罗德·阿巴吉是当代雕塑大师、法兰西学院主席、终身院士，其代表作是 1997 年完成的青铜雕塑《旅行者》；中国雕塑家吴为山教授是当代雕塑大师、中国雕塑院院长，其代表作是 2012 年完成的青铜雕像《天人合———老子》。

589　雕像无头意何存

雕像无头意何存？断臂塑像绝美神。
本然空白怎完善，人脑遗退理念纯？

　　阿巴吉的雕塑如同残缺不全的文物，往往没有头部，这种引发不安的空白吸引着人们。观察者得借助于自己的文化知识和记忆来恢复对于本然存在的完善。(《光明日报》2014 年 7 月 14 日 12 版) 我对这段话颇有疑义。人若无头，则完形心理学上的机制虽在，但完善本然存在的功能前提已断然丧失。试想，连那个简单得多的只是断了双臂的维纳斯，不是也完善不出来吗？因此，我有 3 点想法：(1) 这与印度佛学中的遮诠法暗合，即像佛陀一样默然不语地的一种雕塑法；(2) 任人自由创造自己心仪的完形；(3) 阿巴吉迄今还不能从雕塑艺术层面回答"本然空白怎样去完善，人脑遗退后的理念为何"等等这一系列问题。

590　情迷威海

沉醉怎晓何时回，梦醒推窗白云偎。
观海楼前观海美，碧空一洗雪浪飞。

591　酒神迷狂

窗外威海溪流汇，眼前林木抹朝晖。
情有独钟铺画布，心醉神迷信笔挥。

592　阳春白雪

阳春笼下里，巴人踏雪行。
网络斯文火，戏谑穿越疯。

593　天净沙·在奥森公园听蛙好美

山林蓊郁葱茏，
桥横水系如龙。
宁静观澜倒影，
温馨妙趣，
喜闻阵阵蛙鸣。

阅读《何不清耳听蛙鸣》第一印象是，在北京奥林匹克森林公园北园，能够听到久违的蛙鸣，作者自然会欣欣然。闲暇之际，偶尔听听，很好。但仅此而已。

594　蛙声一片不得听

昆明湖上雅趣生，莲荷蒲苇陡然增。
游船激浪人鼎沸，蛙声一片不得听。

595　破费谁为听蛙鸣

昆明湖上泛舟游，乐趣不在静默中。
颐和园得买门票，破费谁为听蛙鸣？

596　何不清耳听蛙鸣

何不清耳听蛙鸣？读来诗情画意中。
女工劳顿三班倒，一夜蛙叫秀目红。

597　不见炊烟

晚霞浸染柳编墙，袅袅炊烟嗅稻香。
乡愁浓淡消散早，水乡日日烟暗黄。

598　山海关

起秋风兮层林染，扼山海兮猛隼旋。
夕阳斜兮暮霭淡，名天下兮第一关。

599　天净沙·向婺源山间女诗人致敬

真诚热烈交流，
世间功利无求。
心醉山青水秀，
小诗散落，
婺源居乐悠游。

读《光明日报》编辑付小悦《散落在山间的诗》(《光明日报》2014 年 7 月 11 日 16 版)
时深受震动，坚定了我静心地写自己的诗，使自己晚年有事儿而修己。

600　忆去年秋夜乘舟游济南

大明秋暮水清清，月夜游船逆晚风。
菡萏已难舞诗韵，且看来年更艳红。

601 艳羡巴马我不住

野僻巴马长寿多，趋之若鹜容几何？
交往散淡绝活热，暂住两日揖别歌。

2014 年 7 月 20 日—7 月 23 日在威海参加第六届（2014）《国际应用统计与管理工程学术研讨会》后，益发觉得巴马之类的长寿村绝非我所能心安理得地隐居之所。虽然，我不是个外向型的喜欢与人交往的人，而且我根本不上网。但是，我做不到不信手翻翻、读读书。

602 妙啊，电影难查重

黄金甲灿周公馆，王子复仇摆夜筵。
今明穿越时空乱，策马长桥终结言。

603 临近保定东

高铁飞驰近家乡，满眼绿畴泛金黄。
区区小院修双塔，远逊捐资建学堂。

604 故乡山水最多情

故乡山水最多情，太行春晓入画中。
丹青悟得师造化，原野暮归牛蹄慵。

605　如椽一挥写太行

如椽一挥写太行，丰碑画卷百米长。
赤子情真乡愁笃，揖别范李吐大荒。

　　范李者，宋之大画家范宽、李成也。梅墨生先生在《吞吐太行——窦宪敏的山水画》一文中有云："可以看出，窦宪敏在学习借鉴北宋山水特别是范宽、李成、郭熙等诸家山水骨法时的深入程度。"但画家本人在2007年所画之《太行春晓》中挥毫题写了"作画需得山水情，山若有骨水有声。师人不如师造化，何论范宽与李成。"

606　苍莽太行刻心中

苍莽太行刻心中，笔墨风骨任抒情。
雨后泉韵红枫艳，云山深处冷月明。

607　赏鉴范曾书法有感

有酒学仙儒道闲，和尚悟空非语言。
长河饮马赴国难，引吭高歌指日还。

　　在首都体育学院与画家刘京云先生、著名篮球运动研究专家于振峰教授、田径运动专业教授李建臣博士、中国民间组织促进会秘书长黄浩明博士等小聚。酒酣之际，于院长拿来两幅范曾书写的横幅，一幅是《有酒学仙》，另一幅是《长河饮马》。这两幅字，一看就是范曾那独特的书体，加之还有范先生挥毫书写时的视频，赝品是不大可能的。刘先生极力称赞，在座者都很兴奋。因为，今晚竟能与范曾书法精品不期而遇。更何况，有酒学仙吗！大家都高兴地举起酒杯，学起仙来。

608　偷　闲

偷闲高卧八面风，懒看车水马如龙。
回首凝眸小院内，一池倒影绿溶溶。

609　寒食怀古

河畔三月桃花飞，大沽寒食远悲催。
绿阴春暮郊游乐，几人尚晓介子推？

610　山水画大师秦岭云忆故乡汲县

逶迤南下太行翠，宛转东去卫河水。
田畴纵横村头渠，泼喇黄河鲤鱼尾。

611　秦岭云回顾国立艺专求学

艺术学府象牙塔，校友多为有钱家。
黄河边上土豹子，寒酸寄居意勃发。

612　秦岭云画论（1）

《墨海散记》山水画，《芥子园外》颐栖身。
《五瓜草堂》增雅兴，《闻鸡楼》里笔墨勤。

613　秦岭云画论（2）

太古无法妙用存，曾羡范宽构图神。
有势不须工极致，诗情画意氤氲魂。

614　秦岭云画论（3）

看山不厌秦岭云，万千造化存乎心。
心缘内得归何处，巴山蜀水胜桂林。

615　湘蜀风光秦岭云

翠玉嘉陵江，芭蕉七里香。
绿竹抱农舍，高亢梆子腔。

616　刘京云画《虾》（1）

长发飘洒壶中仙，丹田提气贯笔端。
冰洁玉润虾灵动，皴擦点染一瞬间。

617　刘京云画《虾》（2）

提笔凝眸宣纸前，会心一笑已了然。
俯身画案挥毫紫，小虾凝眸窥九天。

618　西湖何处景最美

翠盖拂云天穹绿，芙蕖万顷破萼红。

西湖何处景最美，遥指旧游郭庄东。

619　不堪回首得回首

当年绥靖希特勒，屠刀血海灌欧洲。

不堪回首频回首，安倍之流梦或休。

观谷钢油画《董必武签署联合国宪章》的感受是，不堪回首的惨痛历史必须经常严正地回首面对，揭露批判，严厉警告，才有可能打碎安倍之流重蹈军国主义老路，再抡起法西斯屠刀的狂妄迷梦，捍卫中国人民用鲜血和生命换来的抗击日本军国主义血腥侵略的胜利成果，永久生活在来之不易的和平之中，实现美好的中国梦。

620　小舟难渡

天籁一湾泵水流，遥看莲荷舞姿柔。

欣喜欲诵濂溪赋，枯枝腐叶遏苇舟。

621　《盛世下扬州》广告

盛世直言下扬州，囊中羞涩拥堵愁。

何似烟花三月去，步履谪仙放浪游。

622　绝非庸人自扰

列强殖民罪恶多，工业革命亦偏颇。
而今农业基因转，利弊匪乏可信说。

623　密特朗自拟讲演稿

出访以色列，扭转冷外交。僚属代拟稿，蹩脚太糟糕。
总统亲否决，机上自挥毫。舞文弄墨久，唯恐触暗礁。
国宴结束后，清夜苦推敲。功夫人不负，演说推许高。

624　读密特朗忠告有感

内阁会议上，心得化忠告：缀文炼字事，诚然属小道。
一旦涉外交，立马变重要。缘何起波涛，别字错符号。
出尔反尔糟，失态遗人笑。石头莫乱翻，冒失有蛇咬！

625　看人当全面（1）

高卢不独骚墨舞，文采装点大老粗。
埃尔娜妮我宴请，生前专著三本书。

重读王晖先生文章《"每块石头下面都有着一条蛇"》（《光明日报》2014 年 7 月
25 日 16 版），因为文章很短，内容颇为丰富且有哲理，对我而言，极具价值，故以诗
铭记。法兰西第三共和国总统德麦克马洪是靠军功上来的一个"另类"，被时人讥讽
为"呆头呆脑的大老粗"，他竟要宴请雨果名剧《埃尔娜妮》，爽快地说："把埃尔娜妮
也叫来嘛，只要多摆一套餐具就行了，不麻烦。"

626　看人当全面（2）

十卷法国革命史，龌龊先生煌煌著。
研究二战难或缺，将军战争回忆录。

　　大名鼎鼎的梯也尔执政时因为其所制定的政策与个人私生活的龌龊倍遭世人与后人挞伐，但他所撰著的 10 卷本《法国革命史》却颇受热捧；戴高乐将军著述的《战争回忆录》已成为学者研究二战史必备的文献。

627　爱斯基摩人的前景

游牧渔猎过生活，爱斯基摩自由歌。
岂料文明开化者，杀人放火土地夺。
天人合一被斩断，和善无私灾祸多。
如欲驱逐列强去，也许得建北极国。

628　马太效应破解之道

富国不仁更加富，穷国可悲愈益穷。
马太效应怎破解？团结创新不懈工。

629　楼兰怀古

血雨腥烽炊烟没，楼兰城下苍凉歌。
沉醉枕戈马鞍卧，舍生忘死卫家国。

630　我辈须努力

大师无几人，谢世却纷纷。
我辈须努力，星空已见昏。

631　金沙江畔

晚秋雨霁猎猎风，水流缓缓寂寥中。
浪拍云崖情何系？草鞋过后峰尽红。

632　马继忠的密体山水

搬家不易乱哄哄，劳累一天近无功。
孤灯信手翻画卷，面壁悟语读心声。
春夏秋冬太白景，密体山水入空灵。
张仃评介继忠语：清虚淡薄自然风。

633　叶嘉莹

华夏诗词美，娓娓国人听。
稚纯笃情语，耄耋旨高风。

634　佛学思维方法——遮诠法

吠陀奥义书，遮诠即不无。
般若中观里，"非断非常"诂。

635　元初本没有

元初本没有，自然也无无。
梵我同一者，遮诠实相出。

636　肯定肯定僵死举

概念名相人界定，事物本体变化丰。
肯定肯定僵死举，莫若否定否定灵。

637　青玉案·冰心

冰清如玉娇娇女，
苦难历、真情吐。
庚子烽烟洪亮曲。
舞文弄墨，
挥毫把笔，
娓娓无休止。

国兴民悦琴音寄，
淡泊萧疏沁心语。
试问文章孰可媲？
易安或许，
她人难抵！
一座丰碑屹。

638　教学育人怎评说

今日名师何其多，教学育人怎评说？
象牙塔里孤诣苦，爱丝喜爱放声歌。

我把高校目前唯美国马首是瞻的 SCI 音译为爱丝喜爱。

639　今日名师罔自多

今日名师罔自多，常立讲台有几何？
惊悉清华掌声后，不可替代教鞭折。

读顾建明先生文章《高校教师管理呼唤"养士"意识》（《光明日报》2014 年 7 月
30 日 02 版），惊悉母校清华大学外文系师生为留任讲师方艳华经历了三个月之久的理
性、温和的"保卫战"而未果。制度迫使这位"教学效果优异，深受学生欢迎，有独
特的英语写作教学理念，具有不可替代作用"的教师丧失了继续执掌教鞭的资格。我
为母校哀，为母校痛，为母校忧。清华不再需要像方老师这样的有学养的学科或专业
领域的具有不可替代作用的讲师了吗？母校的掌权者、政策制定者们，该改改清华的
制度了，为了学生！我们有多少这样的教师可以浪费？

640　寿阳曲·考核

盼检索，
已落空。
年终考核声势猛。
残花败叶秋风送，
午睡鼾停斜月冷。

641　浣溪沙 · 失踪

疲惫波斯军队息，
南风骤起早餐时。
沙丘埋没影踪失。

三校联合科考后，
卡帕教授解其谜。
埃及法老剿杀之。

公元前6世纪一支5万人的波斯军团在古埃及沙漠神秘失踪，成为世界上古史的一大谜团。这支军团失踪的传说来自古希腊历史学家希罗多德的《历史》。荷兰莱顿大学的埃及学教授奥拉夫·卡帕今年6月在一场关于波斯历史的学术会议上宣布，该谜团已经被他出于偶然地破解了。他与纽约大学和意大利莱切大学合作参与埃及德彻拉绿洲的考古发掘，他破译了一块属于自封为法老的帕图巴斯特三世神庙的石块上的文字，表明德彻拉绿洲的一处遗址曾是当年波斯军队的一个军营。"当我们把帕图巴斯特三世、遗址的地点和希罗多德的故事放到一起，就能够重构当时究竟发生了什么。"（徐立恒：《消失的波斯军队下落何处》，《光明日报》2014年8月6日15版）

642　立秋读史

翠竹塞窣泣雨秋，天籁孤灯廿四楼。
长几香茗慢慢品，廿四史里又一游。

643　庄子超绝独放歌

意气勃发庄子说，扶摇直上九霄搏。
质疑孔子忒冷峻，千古超绝独放歌。

644　庄子后现代

庄子酷肖德里达，解构儒学自成家。
逍遥妙喻隔老子，理性幽杳璀璨花。

645　清平乐·汝瓷追梦

古窑新技，
追梦汝瓷丽。
富丽牡丹双蝶戏，
釉面发光灵逸。

天青仿宋"弦纹"，
通体"蟹过留痕"。
胜过"梨皮"含水，
执着美梦成真。

646　清平乐·范曾《弈秋课徒图》

松风舒卷，
枰弈清秋练。
三子恩师棋路换，
我得如何应变？

兰竹伴我宁心，
瀑声渐渐无闻。
白鹤可人默默，
屏息执子出新。

647　世界不是平的

人类何存在，飘摇风雨行。空域无穷小，时序各数钟。
社会多元化，历史多战争。进入后现代，冲突已变形。
世贸双子毁，恐怖血雨腥。耗时十年久，复仇去拉登。
美国罗网布，无奈斯诺登。全球被监控，飞机杳无踪。
小国遭蹂躏，伟岸看普京。白宫制裁狠，欧盟诺诺听。
虽有云计算，世界也不平。可缘上帝死，信仰消解中？

648　秦韬玉

屡试不第黄巢乱，随驾入蜀时中和。
进士恩赐侍郎授，七律浑然清淡格。
贫女一诗抒怀作，烦懑宣泄惆怅多。
自诩风流高格调，秦君视己可偏颇？

649　文明冲突骤

上帝已死去，西方衰竭中。
千年恩怨聚，真主熠熠生。
恐怖全球甚，凄风血雨腥。
文明冲突骤，灯下读老亨。

　　哈佛大学著名教授塞缪尔·亨廷顿博士在1993年夏季的《外交》杂志上发表了一篇举世闻名的论文《文明的冲突》。

650　清平乐·布鲁斯南

才华秉异，
酷帅邦德弊。
"大盗收山"跌谷底，
扁挞铺天盖地。

"斗牛士"陡成功，
"金球奖"首提名。
傲岸挥别经典，
转型大器丰盈。

　　闲来无事，看了看"007系列"，信手翻阅墨非留在家里的画报。竟然在2006年第5期（总290期）《看电影》（第102页）中不期而然地读到了查尔斯·布鲁斯南的传记《最好的邦德——查尔斯·布鲁斯南》，作者署名：左儿。于是写下这么几句。

651　清平乐·马嵬驿

牡丹香艳，
娇媚明皇懒。
心醉霓裳胡笳乱，
马嵬突发兵谏。

长生殿内情浓，
拉钩海誓山盟。
为保自家老命，
一条如雪纱绫。

652　清平乐·冯骥才

马车四驾，
《期待》诗如画。
倾力尽心苍苍发，
抢救民间文化。

树人特立独行，
小说外化心灵。
历史大门关死，
重新开启前行。

653　钱锺书

卓尔不群钱默存，旷世英才惟有君。
学问竭尽毕生力，管锥编成未竟文。

　　薛鸿时先生在《珠玉琳琅的矿藏——读〈钱锺书手稿集〉》一文中写道："钱锺书先生认为学问是二三'素心人'商量、培养之事"，"钱锺书卓尔不群，世上只有一个"，"我不说锺书聪明，我说他用功！"历史学家何炳棣先生在评价钱锺书先生时坦诚地说："荣誉应属旷世通才钱锺书。"朱虹在《两位文化巨人的相会》一文中记载了以高傲和博学著称的哈佛大学英美文学与比较文学教授哈里·莱文，曾在上世纪80年代初与钱锺书先生见面论学后，对朱虹说："I'm humbled！（我自惭形秽！）"钱锺书夫人杨绛先生则沉痛地写道："钱锺书的遗憾还大着呢！……反正他连《管锥编》都未能写完。"值得以手加额庆幸的是，虽历经劫难，一生"锺"情于读"书"写"书"的人尚能"默"默然地"存"活下来，出版了《管锥编》、《谈艺录》、《七缀集》、《容安馆札记》（2003年出版，10巨册）、《中文笔记》（2011年出版，10巨册），卷帙浩繁的《外文笔记》正在由精通汉语及多种古今欧洲语文的德国学者莫芝宜佳女士整理，以备出版。

　　钱锺书（1910—1998年），字默存，江苏无锡人。中国当代著名学者、作家。他曾说："我志气不大，但愿竭毕生精力，做做学问。"他兑现了自己的诺言。

654　皎月中秋未名湖

皎月中秋未名湖，小拱桥畔起二胡。
二泉映月伤感处，知音无语泪流出。

655　严查重复率

斑驳陆离林中路，学术商潮浮躁风。
论文严查重复率，篇篇通过近乎零。

656　灵光乍现（1）

信仰指向超时空，时间有始必有终。
始终前后无须虑，惟有上帝空空中。

《灵光乍现——漫游于空间、自由与死亡之境》一书由沉睡编著，2001年12月由社会科学文献出版社出版。这是沉睡与中国社会科学院博士生导师唐逸教授关于"后现代与上帝已死"、与北京大学陈嘉映教授关于"哲学的黄昏，还是黄昏的哲学"、与北京大学博士生导师王岳川教授关于"全球化语境中的当代思想问题"等8位先生的访谈对话集。

657　灵光乍现（2）

神学上帝位格居，爱因斯坦不信之。
人格形式皆不在，指称可名不可期。
本质规定无从给，敬谨虔诚有灵犀。
如此神秘何之谓，一似老子道终极。

658　包容对话真善美

一部世界史，征服不可能。
包容互鉴赏，对话方雍容。
消弭对抗意，理解共识生。
握手求互补，独立逐繁荣。
敬畏信仰立，澄明理性盈。
法制夯基础，自由抉择行。
价值崇真理，只在善美中。

659　王岳川

我还非常小，上山放牛早。
牛背坠山崖，死亡意识了。

660　灰飞烟灭人不在

永恒轮回尼采论，个体如何疑点多。
灰飞烟灭人不在，肯定否定笑不说。

661　瓶里蛟龙已欲腾

欧陆十载剑客行，日韩两度师友情。
今宵畅饮茅台酒，瓶里蛟龙已欲腾。

662　一代豪才

豪才一代袁简斋，惜玉怜香动心人。
诸般不耐诗专注，灵犀一点造化神。

663　清平乐·启功治学

有些博导，
胆恨姜维小。
翰墨志浑然不晓，
岂怕牛皮吹爆。

十年一著精严，
担心谬误留传。
您老请别走远，
润泽我辈心田。

　　2012 年 7 月 26 日是启功先生百岁诞辰。书法家林岫先生在《启功没有走远》一文记述了启功先生对"自诩为学者博导"却"连《翰墨志》是史志还是书论都没搞清楚"者，给予的启功式批评……这深深触动了我，填词一首以警示自己。

664　冤　魂

白人冒险航海去，土著灾难接踵来。
家园尽失佐治亚，血泪无尽冤魂哀。

　　罗伯特·林德诺所绘《印第安人踏上血泪路》这幅具有史料价值的画，作以报刊插图的形式刊登在《光明日报》2014 年 8 月 6 日 15 版。

665　日本科学家自缢谁之责

科研失败平常事，行为不当批判宜。
媒体社会蜂拥起，惨烈自杀叹嘘唏。

666　埃博拉疫情令我心焦

疫情埃博拉，西非猛暴发。
病毒潜何处，怎样感染它？
一切无从晓，难倒科学家。
没有特效药，疫苗未研发。
接触会传染，传上即被杀。
全球皆束手，我心百爪抓……

667　《"三希堂"前话乾隆》另面

神州遍游历，帝王也翘楚。
修编四库书，焉得笃实古。
处处弄煌煌，日日兴木土。
长寿挥霍积，雍正徒砺苦。

阅读陈新文化随笔《"三希堂"前话乾隆》（《光明日报》2014 年 8 月 6 日 12 版）之后，对作者那么吹捧乾隆，很不以为然。其实，所谓的"康乾盛世"恐是一种误断。若有那么一段盛世，理应称之为"康雍盛世"。至于乾隆，大有风流才气败家子的性质与意味。

668 烟水亭

长江万里入海流，烟水赤壁将台留。
灰飞烟灭魂百万，戚泣千年夜夜愁。

669 新疆忆

遮天蔽日黄沙漫，直望无际地平线。
雪松青翠刺晴空，伊犁大曲手抓饭。

670 小村春

绿水环村树，明月笼百家。
童稚骑竹马，折柳鞭杨花。

671 推 手

一度美梦美美做，佽佽游戏电视播。
暴富窥私欲望在，媒体策划推手博。

672 通天岩

通天岩阻通天路，悟空尽在遮诠中。
峰回路转竹篁后，蓦然暮鼓禅堂松。

673 忆江南细雨绵绵

江南细雨有无中，白墙黑瓦渐渐明。
青草绿树苍山翠，隔窗留影入朦胧。

674 杜荀鹤《春宫怨》

婵娟早已误，慵妆不临镜。
春宫雨露绝，遥忆浣纱景。

675 佛学之倒流

印度堀多三藏者，东历韶阳谒慧能。
言下契悟五台去，偶遇定襄结庵僧。
"独坐奚为"三藏问？"吾自观静期悟空。"
"观者何人何物静？"执手僧诘何理通？
"汝何不自观自静，否则焉有道修成？"
僧人茫然无以对，谁晓三藏何所终？

《佛教的倒流》载于《季羡林禅心佛语》（中国书店 2008 年版，第 14—50 页）。

676 他教无倒流之因

旧约新约古兰经，自诩真理囊其中。
刻苦研学渐领会，此外再无新理生。

677 以禅入诗

以禅入诗何掀起？援理论说晚唐时。
韵味之外方其旨，味若无辨莫言诗。

678 晚唐禅诗何兴起

唐中以降祸连连，一家十口不剩三。
骚客无几煎熬剧，遁世谧静酷参禅。

679 宋代何以词盛

李杜之后创新难，战祸灾荒生存艰。
心烦不耐格律缚，语不惊人随口出。

680 文人难脱旋涡急

山景遥观横侧宜，文人难脱旋涡急。
诗书史剧堪翘楚，题写无愧屈原祠。

　　厉以宁先生《七绝·湖北秭归屈原祠（2011 年）》如下："虚名浮誉终难辞，身后是非谁得知？三闾从无媚世作，先生愧对屈原祠。"我想，谁都没有读过《屈原全集》，它也不可能问世了，焉能断定"三闾从无媚世作"哉！就目前的《楚辞》而论，谁能保证前世编纂者未曾为三闾大夫隐呢？

　　更为重要的是，当我们评价郭沫若这样的历史人物时，能不能像评价海德格尔、尼采、瓦格纳这样的历史人物那样，把其哲学、学术、艺术、政治立场态度与行为乃至日常生活中的信仰与为人处世分开呢？

681　秋　江

层林赭叶疏，澄江雪练铺。
子陵高卧处，骚客欲分湖？

诗中分湖指的是柳亚子曾向毛泽东提出常住颐和园的想法，有分昆明湖之意。

682　鹧鸪天·雁岂归思水无情

雁岂归思水无情，
富春江畔钓鱼亭。
山乡退隐祸端避，
著述篇篇署大名。

横成岭，侧成峰，
小桥流水诵诗声。
游人莫笑分湖客，
超越沽名严子陵。

古人早有讥讽严光（字子陵）退隐乃沽名以钓誉之举者。

683　读钱锺书《谈艺录》谈妙悟

悟前加一妙，一蹴焉中鹄？博采有所通，知至元格物。
体验有所得，此即谓之悟。古人不言此，此境无深意。
石头必敲击，火星始乱舞。人性一似石，体验必有悟。
得火不算难，关键使之续。悟也必继之，躬行成妙悟。

684　杂而有秩

北宋一代称谓杂，妈妈娘子孩他妈。
官家官人天地差，相公管辖鲁提辖。

（1）《三侠五义》中有一老儿称呼其妻子为"妈妈"，这或许就是现代口语中的"孩儿他妈"；而这位被称为"妈妈"的妻子称自己的丈夫或者先生，也即"老公"（其对称却应为"老母"，或可转化为"妈妈"）为"大哥"（其对应或暗藏着现今的"兄妹恋、姐弟恋"）；当然，通常情况下，丈夫称妻子为"娘子"，这显然是"孩儿他妈"即"子之娘"的逆序称谓。

（2）在北宋，"官家"并不是泛指为官做事之人，而是特指那个在位的皇帝，即全天下人之"君王"；至于"官人"这是有身份有地位有知识家庭中年轻妻子对自己的丈夫，也即"夫君（她个人的"王"）"的称谓；另一个常用的替代称谓则是"相公"。

（3）"相公"（似乎有一种"负能量"用法，暂不谈）或许来自于"卿相"、"公侯伯子男"的杂凑，由于还有"白衣卿相"一说，故不为官者也可聊备一用，只要夫妻之间有这份闲情雅兴。不过，有一种相公很厉害，例如《水浒》中那位"小种经略相公"，连天不怕地不怕的鲁达都"怕"他，因为鲁达清醒的时候明白这个"小……相公"对自己是有"管辖权"的，自己不过只是一个小小的"提辖"而已。

685　大历十才子

佼佼大历十才子，何者诗名堪自骄？
退之乐天子厚外，钱郎刘李不并高。

唐大历十才子刘长卿排首位，且时人以"钱郎刘李"并称，但他深不以为然。他说："李嘉祐、郎士元焉得与予齐称耶？"（《中国诗史》，百花文艺出版社1999年版，第429页）其自负一至如此。

686　钱　起

吴兴仲文官考功，大历才子十人中。
帝子鼓瑟歌一曲，戛然江上数峰青。

687　刘义豪气诗诡谲否

生卒籍贯无可考，唯知自称彭城子。
狂放醉酒杀人逃，咋算江湖有豪气？
欣逢大赦发愤读，诗才纵横语怪异。
手中龙泉水古时，赠君流泻私仇止。

688　忆王孙·梦回清华园

卅年常梦紫荆芳，
水木清华荷月光。
倜傥当年烈酒觞！
愿同窗，
笑对春秋鬓染霜。

689　砗磲赞

海南讲学游，独得砗磲喜。此物居西沙，真媲珊瑚丽。
贝壳有机石，直径竟逾米。大者重千斤，色泽白如玉。
佛典称其奇，本草有其记：镇心安神宜，增人免疫力。
佛家秘宝首，高僧重法器。清廷不识货，六品朝珠系。

690　章台柳·花间曲子词

花间曲，花间曲，
绮丽缠绵抒情趣。
纵使不符旧礼规，
岂料风揆正期许。

691　归字谣·海外归子情

归！
彼岸西风落日辉。
拦不住，
儿女御腾飞。

692　权责功过大一统

长城万里孰建成？史记秦皇赫赫功。
唐骚论古发浩叹，腥臭一瓢泼祖龙。

693　写诗可效韩愈乎

写诗求新异，可学韩退之？
疾呼文复古，辞格诡险奇。
后人论及此，讥讽多偏离。
幸有蒋寅在，更兼崇德提。

694　清平乐·习近平访美叙旧

情深意厚，
已阔别三九。
腹地小城寻老友，
欢聚农场叙旧。

野餐笑赞香甜，
密西西比游船。
今日雨中挽送，
红衣得体欣然。

695　落叶心语

秋深姐妹凋，胡乱任风飘。一度傲昂首，婆娑竞绿妖。
而今待践踏，化泥为她娇？骚人发烧客，赞美我心焦。
孤魂无所去，轮回无限遥。谁云质能转，我辈怎飚高？

696　读吕力《清澈》感赋（1）

婴儿眼澄澈，懵然意味无。饥渴见娘乳，贪婪疑惑出。
吸吮不餍够，焦灼纵意哭。美餐尽性毕，咂嘴眉眼舒。
如斯互动久，爱恨目光殊。子女成熟即，挥手试旅途。

697　读吕力《清澈》感赋（2）

山涧冽水清，跳跃欢乐声。
叵耐出山后，弄我一身腥。

698　读吕力《清澈》感赋（3）

心灵怎纯清，人海商潮汹。
欺瞒缘欲望，沉浮一瞬中。

699　清平乐·蒋英

笑别桃李，
尽拭尘缘去。
流水高山和谐曲，
"奖给我钱归你！"

出身名将谦和，
双峰德艺欢歌。
甲子还添两载，
齐眉举案生活。

700　纳兰词别见

退粉一吟词已瑕，横陈蕉月血渍纱。
将门苦练强骑射，小令率性成大家。
才子情钟独善怨，骚人超逸自灵葩。
婉丽凄清如梵呗，漫山荼蘼醉天涯。

701　再读《历史也会说谎》

仪容全非后世修，真伪难辨谎言汹。
遗迹古老残破烈，风云叱咤大话中。

702　东风寒·思念

杨柳丝丝惹情愁，
花厌暗香流。
又思家父，
音容笑貌，
栩栩心头。

读书劝我严督导，
泉洌沁心柔。
厚德正气，
宽和执著，
未抵不休。

703　共　勉

心灵皴染遮蔽久，哪有赤热纯真情。
你我先后恩师子，诗坛词苑唱新声。

704　赋诗填词之道

格律独特美，意境自优先。
旨趣在言外，余味韵盎然。
日常交互语，皆可作五言。
久之成习惯，诗意陶令篇。

705　清平乐·举杯玩月

举杯玩月，
肝胆清光雪。
霜鬓萧疏闲游悭，
今夜管它何夜！

斜阳落魄失魂，
晚归门掩黄昏。
独有谪仙飘逸，
乘云吸住光阴。

706　清平乐·心月

青山依旧，
笑饮冰壶酒。
吸尽天河倾北斗，
突变风急雨骤。

谁说缺月伤情，
船空好载澄明。
蟾宫本无残破，
人心自有阴晴。

707　采桑子·初读冯延巳印象

风疾吹皱杨花梦，
未入花间。
闳逸花间，
语绮深情别有天。

千花百草开风气，
烛泪阑干。
斜照阑干，
和泪严妆绝顶攀。

　　冯延巳（903—960 年），一名延嗣，字正中，广陵（今江苏扬州）人。词有《阳春集》，存 119 首，杂入温庭筠、韦庄、李煜、欧阳修等人词作十余首。唐五代词人中所存之词最多，且堪称大家。《花间集》未收录其词。厉以宁先生以"花间未入胜花间"，高度评价冯词。我因其人品殊无可取，故不欲读冯延巳词久矣。近日读吴相洲、王志远两位先生所编《历代词人品鉴词典》（北京大学出版社 1996 年版），始知：

　　（1）其人品的确"殊无足取"（（清）陈廷焯《白雨斋词话》卷五），然吾欲学之者，词耳。何必以其品格而作茧自缚耶；

　　（2）吾既欲学词，当从小令起。因"词有天籁，小令是已。本朝词人，盛称纳兰成德，余读之，但觉千篇一律，无所取裁。……冯正中之流，不如是也。"（（清）陈锐《袌碧斋词话》）；

　　（3）更何况其词"思深语丽"、"极沉郁之致，穷顿挫之妙"、"极凄婉之致，缠绵悱恻"、"郁伊惝恍，究莫测其意旨"，故为"五代之词坛巨擘"（（清）陈廷焯《词坛丛话》），"开北宋疏宕之派"（（清）谭献《复堂词话》），吾"学而时习之"，必得享其乐尔；

　　（4）王国维先生说："正中词虽不失五代风格，而堂庑特大，开北宋一代风气。"他又说："正中词品，若欲于其词句中求之，则'和泪试严妆'，殆近之欤？"

　　（5）冯正中之四首《蝶恋花》被誉为"古今绝构"（（清）陈廷焯《白雨斋词话》卷一），或"已臻绝顶"（（清）陈廷焯《白雨斋词话》卷五）。吾当由此而入，然欤否欤？

708 清平乐·读晏几道《鹧鸪天》

楼台十里，
绿树繁花挤。
泣血杜鹃殷勤语，
笃定"不如归去？"

口舌本就通红，
春啼生理反应。
岂料古人误判，
不实意象生成。

也许读诗词不应该思考，只能感受。不过，我还是陷入了思考。因为，我只能听出布谷鸟的啼声似"布谷"，而杜鹃鸟的啼声我是怎么听也听不出似劝人快回故乡去的"不如归去"。故我认为，关于杜鹃鸟啼春的意象与经联想误导而生成的逻辑之间存在着深刻的错乱。

709 《红楼梦》乃《情僧录》

意马心猿梦幻起，绝色无情悟空终。
孰料一部红楼梦，不记石头写情僧。

昨夜喜雨，今晨热毙。中午两杯小酒，陶陶然读翟胜健学长（先生1951年入清华大学中文系，我则于1978年3月入清华大学电机系）之专著《曹雪芹文艺思想新探》（北京大学出版社1997年版）第一章《因空见色 由色生情——色空观》竟生发出全新的识见。

710　扑　蝶

蝴蝶玉色纨扇扑，香汗淋漓娇喘息。
偶露烂漫童真趣，自是四周无人时。

711　冷美人

肌骨莹润举止雅，妩媚恬淡不点唇。
怡红公子呆呆雁，冠绝群芳冷美人。

712　赚黛玉

镇日自云守拙，讥讽嫉妒刻薄。
突然推心置腹，潇湘妃子谦和。

713　宝钗言志

备选陪侍赞善职，千里迢迢入京门。
念念心随归雁远，好风凭借上青云。

714　皈　依

清风盈手握，暮寒送夕阳。
天籁诗词曲，谁云逊讲堂。

715　梦江南·又深秋

梳洗罢，
独倚望江楼。
过尽千帆皆不是，
斜晖脉脉水悠悠。
疏雨也飕飕。

　　温庭筠（812？—866年?），字飞卿，太原祁人。相传他文思敏捷，八叉手而成八韵，人称"温八叉"。他在中国词史上的的确确是第一位大力写词的文人，被尊为"花间鼻祖"（王士祯《花草蒙拾》）；其"词精妙绝人，然类不出乎绮怨"（刘熙载《艺概》）；"其词品似'画屏金鹧鸪'"（王国维《人间词话》卷上）。最能代表温飞卿小词之纯美风格的是那首《菩萨蛮·水晶帘里颇黎枕》，其中"江上柳如烟，雁飞残月天"堪称佳句，"但下阕又雕绘满眼，羌无情趣……（后）四句晦涩已甚。韦相（韦庄（836—910年)，后人将二人并称'温韦'，然温实不及韦）便无此种笨笔也。"

　　我最欣赏者为其《更漏子》的"梧桐树，三更雨，不道离情正苦。一叶叶，一声声，空阶滴到明。"与他的《梦江南》，即"梳洗罢，独倚望江楼。过尽千帆皆不是，斜晖脉脉水悠悠。肠断白蘋洲。"李冰若认为这首笔墨疏淡之小词的"'过尽千帆皆不是，斜晖脉脉水悠悠'意境酷似《楚辞》。而声情绵渺，亦使人徒唤奈何也。柳词'想佳人倚楼长望，误几回天际识归舟'从此化出，却露勾勒痕迹矣。"但是，"飞卿此词末句，真为画蛇添足，大可重改也。'过尽'二语（句）既极惘怅之情（语），（再用）'肠断白蘋洲'一语点实，便无余韵。惜哉惜哉。"（《栩庄漫记》）诚哉，斯言。吾斗胆试改之如上。

716　冰川融化桑沧易

冰川融化桑沧易，血战涿鹿大捭折。
蚩尤败走西南撤，中原共主黄帝歌。

717　清平乐·李煜

晚妆肌雪，
窈窕《霓裳》夜。
香屑风飘情味切，
跨马清音月冽。

重光旷世骚人，
无奈只有为君。
乡野天生雅丽，
粗服国色绝伦。

读《于丹：重温最美古诗词》之"故国不堪回首月明中"有感。的确，王国维论及李煜词时有云："真所谓以血书者也"，而他那首《虞美人·春花秋月何时了》就是其"血书者"之代表作。我只是不明白，于丹怎么能率性地写出如下的结论，即"人间缭乱，许多心事，更何况，他（指李煜）告别的是李唐盛世的家'国江山"呢？

众所周知，李煜（937—978年）是五代南唐后主，出生那年李唐王朝早已亡佚三十年（907年），距李唐盛世相差一百五十多年了。因为安史之乱，李亨756年继位时，李唐盛世已不复存在。显而易见，这又是只追求华美煽情而不追求历史真实与科学性所育成的硬伤之一。

718　归藏卜卦坤为首

归藏卜卦坤为首，文王推演乾易帜。
朝歌阵前数大罪，牝鸡司晨列第一。

719　清平乐·扇摇凉风起

轻摇折扇，
阵阵风拂面。
泛起红酥黄藤念，
怨气盈怀难遣。

一词唱罢生忧，
红颜绝命怫愁。
还是务观大度，
骚人长寿鳌头。

唐琬与陆游南京沈园邂逅互赠《钗头凤》后不到两年就因陷入应激，郁郁寡欢，忧愁至极，一命归天。陆游字务观，或可谐音为"无关、勿管"，居然活了86岁，好长寿啊！

720　天河出图苍龙腾

天河出图苍龙腾，龙角指处太一崇。
浩瀚星空生何者，可名非名以道名。

721　河图洛书觅蜀中

河图洛书觅蜀中，到手三张蔡季通。
隐匿一张献其二，周易本义大错生。

722　原始大乘天竺东

大乘佛典法华经，原始缘起天竺东。
如来在世无文字，呋陀口耳传授中。

723　毋须叹屈原

三闾也曾握快刀，弃置遭谗贬谪飘。
万世高标楚骚罢，一跃拥抱大江涛。

724　康熙大帝酷读书

中西科学迥异风，康熙孤诣融汇通。
庭训格言无奈写，崇儒重道歧途登。
律历渊源御旨纂，西学中源张本成。
权威保守技能取，南辕北辙嗜书虫。

　　深入细析地研读中国科学院自然科学史研究所副所长、研究员王扬宗《康熙大帝与清代科学——历史的曲折和启示》(《光明日报》2014 年 8 月 14 日 16 版)，当浮一大白。

726　籼稻远逊粳稻甘

佩里开进江户湾，日本从兹被强奸。
常食大米得输入，籼稻远逊粳稻甘。

　　日本原本就是稻作文明民族，对美国强行向自己输入大米，非常不满。美国输入的大米是发源于印度洋的籼稻，没有黏性；而太平洋地区的粳米是富有黏性的，可以打年糕，好吃的很。(阿城：《洛书河图——文明的造型探源》，中华书局 2014 年版，第 158 页)

725　解佩令·武汉"老谦记豆丝"

早餐何处？
外来游子，
最好"豆丝老谦记"！
笃定一绝，
黄牛眉子浓香溢。
君知否、何人称许？

风风雨雨，
青龙忕忕。
不期咱、主席挂系。
户部街中，
使美味、艺绝赓续；
让吃的、解馋心喜。

　　读《光明日报》夏静、张晶两位记者《百年风雨"老谦记豆丝"》，顿生感慨：吃的，只要"安全、卫生、健康、好吃"，如果还有点文化内涵的话，那就任企业在市场上竞争好了，政府依法收税就行了。老百姓能吃好、喝好、穿好、住好、走好、玩好的事，少管最好。

　　武汉人喜欢在外面吃早餐，俗称"过早"；"户部巷"已经成为武汉闻名遐迩的"汉味早点第一巷"。"老谦记"原名"谦记牛肉馆"，由冯谦伯、冯有权夫妇于1918年创立，店原址在武昌青龙巷；百年老店已传三代。其堪称一绝的是牛肉炒豆丝，精选黄牛眉子肉、优质绿豆与大米精制而成，色泽黄亮，味道鲜美，有咬劲，香嫩可口。毛泽东在武汉从事革命工作时曾吃过他家的牛肉枯炒豆丝，赞叹不已；开国后念念未忘，与李先念谈及此事，对那道牛肉枯炒豆丝情有独钟；由于李先念的关心支持，"老谦记"于1958年重新开张营业。

727　孤鸿望断更添愁

城上楼下宫上楼，孤鸿望断更添愁。
夹缝不通成永忆，逍遥未敢棹扁舟。

728　古典大乘中天竺

龙树菩萨入龙宫，大乘传播圣言听。
摩揭陀究属何地，禅心佛语未讲清。

　　季羡林在《关于梵本〈法华经〉的问题答复》（《禅心佛语》，中国书店 2008 年版，第 115—119 页）中明确指出《法华经》是大乘佛典中最重要的且最早的一部，并且推断原始大乘起源地是东天竺，原生地是摩揭陀。他又说，到了古典大乘时期才可能说是起源于南天竺。2001 年 6 月 16 日的文章已经把问题讲清楚了。但在紧接其后的《中天竺在佛徒心中的地位》（1993 年 1 月 26 日）一文中，季先生却又断言，"'摩伽'，即平常所谓'摩揭陀'……属中印度。"这显然不能都是正确的。此其一。其二，季羡林坦陈己见，认为龙树可以说是古典大乘的创始人之一，随后他又不得不指出，"特别注意的是，大乘起源地的龙宫竟与中天竺联系在一起了。这暗示着大乘起源于中天竺。"这就与他的"到了古典大乘时期才可能说是起源于南天竺"又发生了冲突。真不知道季羡林将怎样化解这两个矛盾。

729　情商无补智商昏

日谒恩师李府戒，夜宴岳丈僧孺嗔。
老鼠钻进风箱里，情商无补智商昏。

730　未定城楼人费猜

缠绵悱恻诗无题，千古动人费猜疑。
未定城楼鹓鶵引，五柳拾遗两迷离。

731　商隐引庄子（1）

腐鼠幸遇猫头鹰，一如天葬雪山峰。
循环链上寻常事，高低贵贱权力生。

732　商隐引庄子（2）

世上牲灵无限丰，缠扰纠结系统中。
生死无常恒生死，鹓鶵不笑猫头鹰。

733　叹柳永

江南才子恋歌娃，慢词婉约冠词家。
原野秋风夕阳下，少年游罢慨韶华。

734　动物自然保护区

物种生灭本天然，善心狠批人凶残。
矫枉过正行善举，保护区立人可安？

735　地球题难解

人多匍匐时，英才早站起。头颅倔强昂，弓箭已无匹。
森林烂砍伐，猛犸知何去？种养乐安居，贪欲不可抑。
发明蒸汽机，熵增无可阻。世界终极谜，万物基因谱。
而今已破解，人化造物主。面对此前景，黄连隐隐苦。

为参加今年10月下旬在韩国召开的中日韩三国间的一次学术研讨会做些准备，我读了一下日本大学教授浦野起央博士的大作《国际关系理论导论》。当我读到"地球诸问题"一节中美索不达米亚人创作的人类最古老的史诗《吉尔伽美什》（中国社会科学出版社2000年版，第82—91页）的下述描述时，陡生上面这首小诗中的感受：

人在自然面前，虽然感到畏惧，/ 但仍把头高高地扬起，/ 像一头野牛炫耀自己，/ 当他拿起武器时，/ 任何自然无法与他匹敌。

736　笼里无虑无尊严

慷慨解囊动物园，笼里无虑无尊严。
游客游乐自欣喜，生灵尽丧野生权。

737　动物园胜天堂美

吃喝拉溺有人管，玩累卧榻美梦多。
发情勃然有性伴，无须跋涉勿争夺。
动物园胜天堂美，大自然好我难活。
乐得此生荣华享，管它基因漂向何！

738　忆金陵

虎踞龙盘王气夺，石头城外遗迹多。
紫金山峦翁葱郁，天下为公大气勃。

739　一江春水·李煜小周后对话

"春花秋月人夭了，
阿姊当知晓。"
"可怜汝姐寿才终，
今夜不该拥你入怀中。

大周依旧音容在，
难睹红颜改！"
"妾猜王上必多愁，
惟愿分忧欢爱到白头！"

740　生活神奇瑰异

清晨浇水去，凉风渐渐起。
蔷薇坠纷纷，剑兰繁花聚。

741　六朝已远去

六朝已远去，何处石头城?
荒败残破地，明月暗伤情。

742 "万古长空"解

江楼明月流转间，阴晴圆缺实等闲。
万古长空永恒变，灵犀慧眼透自然。

《五灯会元》上说："万古长空，一朝风月。"于丹教授认为，"万古长空"，说的是一种永恒的状态，不论世界如何动荡，人生如何变幻，天空永远不变，一直都在。此论似是而非。因为，"一种永恒的状态"当然会"一直都在"，但是不等于"天空永远不变"，而且事实上"天空每时每刻、无时无刻都在变幻变化演化之中，从来未有过不变化的倏忽或瞬间。"此其一；其二，"不论世界如何动荡，人生如何变幻，天空永远不变"，仅仅是貌似正确而已。因为，科学技术发展到今天，如果美国，或者俄罗斯，其中之一的政府采纳了其科学家用小型核武器炸掉月球的建言，就可以彻底改变地球绕日运行的轨道。在技术上，两国都已具备这种改变地球外太空状态的能力。或许，中国也应该迎头赶上，否则，与全球第二大经济体的地位不相称，不能均衡也就无法保障世界和平协调发展。看来，像于丹这类"公知教授""大腕传媒"已经到了不补补科学技术常识，一开口就会出岔头的境地了。补补吧，不难！

743 看 山

灵隐寺后北高峰，飞凤亭览宋京空。
美人嬉上桃花岭，慵持纨扇自风情。

毛泽东曾三次登临杭州北高峰，写下一首纯粹的景物诗《五律·看山》。"大可不必在（这首）诗中寻求春秋大义。诗人巧妙地把……北高峰附近的飞凤亭、桃花岭、扇子岭、美人峰这些有着俏丽名字的山峰都一一写了进去。"（陈晋：《独领风骚：毛泽东心路解读》，中国人民大学出版社 2013 年版，第 167 页）该诗如下："三上北高峰，杭州一望空。飞凤亭边树，桃花岭上风。热来寻扇子，冷去对佳人。一片飘摇下，欢迎有晚鹰。"

744　潇湘神·菩萨蛮

菩萨蛮，菩萨蛮，
外来舞曲倡优填。
幸赖大唐皇帝爱，
词谱钦定慕谪仙。

745　归时缘何马蹄轻

少年才子好风流，接过江山扬意兴？
霓裳歌遍宫廷宴，归时缘何马蹄轻？

　　在讲"故国不堪回首月明中"时，于丹说："最初从父亲李璟手中接过江山，倜傥的后主也曾意兴飞扬"过，例证就是李煜的《玉楼春》。于丹就上阕解释不出李煜怎么就是"意兴飞扬"的，只能坐实李煜沉迷于"歌舞侑酒"中。至于下阕，她更是任情挥洒，完全背离了李煜"归时休放烛花红，待踏马蹄清夜月"的本意。其实，叶嘉莹先生在《人间词话七讲》就李煜《玉楼春》的分析是极其精辟的。于丹若稍加参考借鉴恐怕就会彻底改写自己的"重温"了。（叶嘉莹：《人间词话七讲》，北京大学出版社 2014 年版）只可惜叶先生并未对李煜《玉楼春》小令的最后两句予以讲解或评述。我的疑惑是，李煜在宫中宴饮欢歌乐舞之后，回寝宫时缘何"休放烛花红"？怕惊醒谁？怕扰民吗？又怎么会"待踏马蹄清夜月"？南唐宫内尚需骑马乎？看来，或许这位"意兴飞扬"的小爷恰是后来居上之宋徽宗心仪的楷模？

746　言不尽意写任歧

生情修辞文易著，释文辨辞情难入。
言不尽意写任歧，诗无达诂翻译苦。

747　花落正当时

花落正当时，不须做秀悲。
突闻蓝藻猛，顿时我心灰。

748　五云山

彩云五色盘绕飞，幽缈莺啼动心扉。
物是人非天地变，小庙灵逸不合追。

我第一次读到毛泽东《七绝·五云山》及此诗手书。激奋之中欣欣然而赋诗。毛诗
如下："五云山上五云飞，远接群峰近拂堤。若问杭州何处好，此中听得黄莺啼。"（陈
晋：《独领风骚：毛泽东心路解读》，中国人民大学出版社 2013 年版，第 168—169 页）

749　如梦令·幽洞

一度艳红幽洞，
看破世间歌风。
犹记别离时，
无语倚门唇动。
清醒，
清醒，
已是月残霜重。

为习作《如梦令》，读龙榆生先生《唐宋词格律》（上海古籍出版社 1978 年版，
第 63 页）至深夜，步韵后唐庄宗李存勖原创之《如梦令》所作。

750　推波助澜恶

美美不堪事，传媒记者急。
推波助澜恶，何若静观之。

751　参禅也要斗机锋

参禅也要斗机锋，何人不侣万法孤？
待汝一尽西江水，为师满盘立捧出！

庞蕴居士——后参马祖（道一），问昌："不与万法为侣者是什么人？"祖曰"待汝一口吸尽西江水，即向汝道。"（季羡林：《禅心佛语》，中国书店 2008 年版，第 75 页）

752　醉太平·刘备

桃园意宏，
玄德位兄。
舍生忘死拼争，
赖军师效忠。

荆襄血腥，
金兰梦萦。
凄凉寄语深情，
料书生汗盈。

753　定风波·欲断绝

赤日轩窗坠细纱，
莲池渌水洗红霞。
几树海棠花落尽，
风狠，
锈锄埋葬萎枯华。

彼岸一番 QQ 语，
欣喜，
攻博笑慰紫荆花。
昔日女孩突兀问，
音讯，
直言回复未回家。

　　为习作《定风波》而读龙榆生先生《唐宋词格律》(上海古籍出版社 1978 年版，第 182—183 页)，仿欧阳炯之《定风波》所作。紫荆花是我和孩子墨非的母校清华大学校花。

754　乾隆寻诗径

御苑石雕寻诗径，精神费尽弘历折。
没得感悟灵犀至，焉有激情九霄歌。

755　祖师禅

动问"何谓祖师禅?""泥牛步步出人前。"
"和尚家风如何是?""水在瓶杓云青天。"

756　灵山会

灵山会上显奥妙，佛祖拈花迦叶笑。
无语不言棒喝清，道乃刺头入荒草。

757　画堂春·柳宗元

弥蒙烟雨柳江茫，
一声杜宇悲凉。
蓑翁孤寂钓寒江，
默默柳祠堂。

千古诵读朗朗，
石碣断裂何妨！
小潭游记捕蛇殇
天对好文章。

读龙榆生《唐宋词格律》依据黄庭坚之范例修改我的《画堂春·柳宗元》。

758　捣练子·青玉案

青玉案，
夜遊宫，
绿意西河醉太平。
捣练子霜天晓角，
暗香河传燕山亭。

759　捣练子·三字令

三字令，
渡江云，
水调歌头忆故人。
疏影暗香金缕曲，
木兰花慢醉花阴。

760　捣练子·蕃女怨

蕃女怨，
汉宫春。
渔父巫山一段云。
更漏子疏帘淡月，
祝英台近水龙吟。

761　美俄哈里发

横空出世哈里发，纵横驰骋妖艳花。
死循环中奥巴马，强弓利箭看谁搭？

762　荒冢白骨脊背凉

枭雄止步称魏王，似恐后人论短长。
今朝一上皇帝榜，荒冢白骨脊背凉。

763　雪霜磨难未必遭

治乱哲理意清高，雪霜磨难未必遭。
紫垣龙吟奇葩在，昆明湖畔风月娇。

　　夜宿保定河北农业大学"大白楼"206房间，翻阅《光明日报》，读到9月2日16版，陆钦先生的短文《紫垣龙吟有奇葩》之际，少有同感。汉高祖刘邦真能在有诗词存世的99位皇帝中跻身8强吗？若魏武帝曹操死后加封也算真皇帝，那刘邦他爹也算个皇帝吗？隋炀帝的《野望诗》真能媲美马致远的《天净沙·秋思》，而且马致远还因袭了杨广？

764　中秋月明

明月中秋华夏游，三分其二赖扬州。
婵娟酷爱西子瘦，杜郎俊赏萧娘愁。

765　西江月·康熙好忧烦

醉醒康熙闲逛，
流连二月河边。
寒风凛冽水连天，
杨柳枝条丝软。

朕幼年登龙辇，
多少孽障掀翻。
而今立太子真难，
宫禁嫔妃添乱。

766 物业乱治之道安在乎

子牙水涨暮舟归，天籁湾里服务颓。
物业状告业主后，撤诉毁约自家飞。

767 白露凉风

白露天凉叶飘零，栖鸦惊起庭寂空。
夜长无奈思绪重，推窗放进大洋风。

768 捣练子·渔村唱晚

山渺渺，
水清清，
苇荡幽幽皎月升。
小舟泊岸杨柳系，
曲曲渔歌彻晚风。

769 渔歌子·归去来兮

潋滟湖光柳絮飞，
桃花流水喋鱼追。
修竹翠，
蒲菖随，
鹧鸪唤起酒一杯。

770　清平乐·爱心

娥眉杏眼，
风柳纤纤软。
点菜时挑挑拣拣，
莺语巧说寿险。

争知如此娇娇，
三年献血三遭。
四百 CC 一次，
竟然晕倒公交。

771　清平乐·听松

晓星残月，
垂泪琴声咽。
苦雨凄风枫泣血，
回首不堪寒夜。

白疏黄瘦临风，
飘摇顾影生情。
梵呗不惊栖鸟，
老僧默立听松。

772　龟兔赛跑欺人说

当今时代大数据，龟兔赛跑欺人说。
幼儿教育觅新意，拆穿把戏逻辑歌。

773 望江南·白露夜梦

白露夜，
整宿梦魂萦。
梦里蝉鸣湖畔柳，
墨非童稚短歌行。
揉眼见天明。

774 水调歌头·寄语吾儿

孺子乘风起，
互换抵澳洲。
悉尼半载颇好，
隐隐不禁忧。
百岁人生弹指，
过眼光阴难再，
箭射不回头。
燕舞莺歌处，
年少莫飘悠。

拜大师，
交诤友，
上层楼。
探究学问，
深入农场细交流。
盼你游学欧美，
融贯中西通古，
原创志能酬。
日月心中有，
沧海任飞舟。

775　忆秦娥·中秋月

清光雪，
风轻云淡中秋月。
中秋月，
桂花香泻，
念儿急切。

悉尼可是晴空夜，
墨非赏月心神惬？
心神惬，
提琴拉起，
乐音欢悦？

776　南乡子·游北宫国家森林公园

泉猛上云涛，
一叶扁舟任性漂。
今日师生相聚喜，
聊聊，
小犬猴山苯苯淘。

遍野绿枝条，
昔日秃山满目娆。
流水淙淙清脆曲，
佼佼，
啼鸟声声银杏梢。

777　忆秦娥·牧牛图

松槐老，
牛儿入水童儿闹。
童儿闹，
横笛斜骑，
谩说嬉笑。

黄莺不晓春漂早，
弥弥浅浪丛丛草。
丛丛草，
麦田黄了，
杏儿还小。

778　生查子·忆插队

举箸感杂集，
三盏千愁搅。
坎坷话北安，
梦系三江草。

春至嫩江迟，
风冽红花小。
十五稚童声，
褶皱沧桑早。

779　清平乐·君暴臣忠共现

大臣比干，
沥胆披肝谏。
血溅玉阶淫威滥，
君暴臣忠共现。

夫差烦厌白头，
唠叨教训无休。
属镂派人送去，
耳边不复咻咻。

780　清平乐·山水

大幅巨制，
灵韵清光溢。
出谷晓云梯田碧，
吞吐大荒气势。

朝云澄澈悠徙，
春风化雨出奇。
岭上夕阳西下，
青山绿水迷离。

781　构思太慎难动身

诡诈权谋兵法魂，黑箱硕大历史沉。
内幕厚厚眼光浅，构思太慎难动身！

782　满江红·药气注射神奇

寻穴行针，
注药气、古今绝技。
奇术立、痛风除祛，
佝偻直起。
烈士暮年心不已，
伴生荣辱云烟霁。
欲中医、环宇润甘霖，
凭真力。

创疗法，
明药理；
真赤子，
灸时弊。
笑谈中大度，
语辞犀利。
闲适豪情吞天地，
忙时神思浑无际。
待启动、人体缈循环，
弥天隙。

783　秋风引·白露夜

白露夜，
露浓浓。
加州天可冷，
儿在大洋东。
明知没得牵儿手，
依旧情思无寐中。

784　浣溪沙·清光如醉

如醉清光笼小楼，
愁丝慵懒漫周游。
黄叶飘摇败荷洲。

遐想无拘交响曲，
缜思有构夸克囚。
方程一统梦悠悠。

785　清平乐·小渔村

澄江晴晓，
山翠白云绕。
一唱群鸡含露草，
累累苍苔不扫。

夕阳遍染层林，
炊烟袅袅温馨。
老汉磕磕烟斗，
听听国际新闻。

786　四合院人家

小院四合清幽境，风格别具会客厅。
朴素典雅诗书画，墨香淡淡友情浓。

787　删改《晚岁》

霜鬓老眼昏，愧为一州尊。
不缘衣食系，别愁遁空门。

　　白居易曾有一首题为《晚岁》的诗如下：壮岁忽已去，浮荣何足论。身为百口长，官是一州尊。不觉白双鬓，徒言朱两轓。病难施郡政，老未答君恩。岁暮别兄弟，年衰无子孙。惹愁谙世网，治苦赖空门。揽带知腰瘦，看灯觉眼昏。不缘衣食系，寻合返丘园。

　　姑且接受自称"诗神"的那位叫作"赵缺"的说法："古代的诗人写的诗都是押韵合平仄的"，白居易这首诗还是招致了尖锐的批评，甚至刀削斧砍。2009 年 11 月 24 日拜读陈如江《古诗指瑕》（上海书店出版社 1998 年版，第 168—169 页）一书中《词气繁絮》一文，读到陈先生的分析与批评，以及具体的删改建议，即"删掉前四句和'惹愁'以下四句，亦未尝不括全诗之意"时，非常感佩，还写下了《五古·"晚岁"削芜》。

　　岂料今日读古远清《留得枯荷听雨声——诗词的魅力》，才知道陈如江的分析批评与删改竟然是完全拷贝（现在习用语是剽窃）自清朝大才子纪晓岚。"清人纪晓岚读后，认为十六句可删去一半。经他删后，成为：不觉白双鬓，徒言朱两遝。病难施郡政，老未答君恩。岁暮别兄弟，年衰无子孙。不缘衣食系，寻合返丘园。

　　删得有理……删去后只会使诗更精炼，且不妨碍寄慨这一主旨的表达。"（古远清：《留得枯荷听雨声——诗词的魅力》，生活·读书·新知三联书店 1997 年版，第 154 页）

　　这一来，使我对陈如江的感佩全无，对其全书"指瑕"的可信度大打折扣。更有甚者，陈如江所引《晚岁》有句为"岁暮别京洛"，古远清所引该句却为"岁暮别兄弟"，究竟孰是孰非？古远清所引原句为"徒言朱两轓"，怎么纪晓岚只删不改后竟成了"徒言朱两遝"？究竟是纪晓岚改了原诗，还是古远清抄写出了差错？总之，给我的感受是在浮躁的时代与浮躁的社会，叫真儿的人太少了！

788　南乡子·忆早年跟着妈妈劳作度荒（1）

绿柳雾茫茫，
数架丝瓜逾尺长。
红绿辣椒茄泛紫，
风凉，
茶末一杯酹月光。

菡萏艳池塘，
弟弟同余舀水忙。
喜看鱼虾盆里蹦，
飘香，
贴得饽饽刚泛黄。

789　南乡子·忆早年跟着妈妈劳作度荒（2）

绿柳艳阳娇，
趁势蔷薇猛长高。
絮絮一池芦苇语：
瞧瞧，
那伙麻鸭又过桥！

窗外雨丝飘，
扁豆开花尽兴摇。
半亩芝麻欢快长，
"叼叼，
快与妈妈补小苗。"

弟弟小时发音不清，常读"刀"为"叼"。外祖父一看见他，就昵称为"叼叼来了!"

790　维权实在难

送儿东站后，华润购物闲。必须买点菜，明日我挂单。
迎宾粉肠小，常买已经年。肆元捌角六，价格不须看。
岂料今日午，检视目瞠然。分袋保质日，赫然印一天！
物价市局管，您真见此单？我妻莫受害，一顿我吃完。
缘何不挺身，拍案起维权？你我谁不知，维权实在难！

791　老友来访送专著

老友名向日，恐非等闲身。廿二绝音讯，一晤天籁亲。
机关不喜坐，泰达开创真。方向已坚定，道德老子熏。
酒绿灯红久，磊落坦荡魂。书记在高位，实践探究深。
三杯淡茶走，默默翻阅文。演讲未读罢，已然泪纷纷。

孔向日，吾之友也。1991 年前后相识，清水之交。现任天津泰达集团党委书记。读其与青年的演讲，平实朴质，感我至深，没有读完，竟不由得潜然泪下，无从自已。

792　信托可靠屠沽辈

易老神机论语封，诸子争鸣论驳洶。
信托可靠酒肉友，高山流水无复听。

读余秋雨《历史的脸谱》（文化艺术出版社 2007 年版，第 9—10 页）"三本书"与《知音》。

793　错评曾几

新笋风味艳春蔬，食美由然不思鱼。
口腹常欲得留取，细水长流更宜居。

　　陈如江《古诗指瑕》（上海书店出版社 1998 年版，第 25—27 页）指责曾几《食笋》一诗"前后矛盾"。因为，他先写"但使此君常有子，不忧每食叹无鱼"，随后又写"叮咛下番须留取，障日遮风却要渠"两句，"说是下番不应取食，因为障日遮风需要竹林。前既说欲常食，后又说须留取，其自相矛盾如此。"

　　非也，非也！陈先生此论误矣。"每食"或者陈先生所谓的"欲常食"可不能望文生义地认为是天天吃、顿顿吃，曾几恐非此类吃货；"须留取"决不是不取来吃，只是一定要"留"一些，这样才能保证他第五句诗所期盼的"但使此君常有子"，确保自己"不忧食无鱼"。看来老曾是一位"可持续发展观"的不自觉的发现者，率先力行者；其实，真若深究，这首诗的毛病在于最后一句不大雅，古人在自家小院里栽种茂林修竹，为的是附庸风雅，甚至倾慕竹之高格气节，如苏东坡所云"宁可食无肉，不可居无竹"者也。绝非实用主义的"障日遮风"，小小一竹林又能有多点"障日遮风"的作用哦？

794　诉衷情令·彼时那刻

花前月下故相逢，
一阵促铃声。
酒醒梦断难续，
华美冶东风。

情炽烈，
欲无穷，
恨弥蒙。
彼时谁料，
那刻心平，
此后思浓。

795 书上小错愁煞人

正大光明秋雨文，纤细错误愁煞人。
岂料购得书盗版，山寨敬业质量神。

读余秋雨《历史的脸谱》(文化艺术出版社2007年版，第14页)"魔鬼看守的黄金"。

796 学富五车字无多

学富五车字无多，易经老子未定说。
古往今来企超越，皓首穷经苦蹉跎。

读余秋雨《历史的脸谱》(文化艺术出版社2007年版，第16页)"有学问"。

797 "封山闭关"艺术家

日本艺术家，半生自封山。烟斗随笔走，一走卅六年。
真正晚秋到，老人永闭关。山寺香袅袅，升空即云烟。

艺术家团伊玖磨封山闭关，"每年9个月住在太平洋一个小岛上，没有电视，拒绝各种社会信息，写作、作曲，剩下3个月漫游世界。"其散文《烟斗随笔》写了整整36年。

798 劫后深情

车水马龙一扫空，晾挂竹竿待客厅。
劫后重逢万端慨，无法言传快慰情。

799 忆余杭·雷峰塔倒了

长忆西湖，
柳浪闻莺无几步。
断桥细雨遇医仙，
一段好姻缘。

岂知和尚贼添乱，
水漫金山生死战。
喜雷峰塔倒蛇欢，
鲁迅赞连连。

800 恩格斯说佛教有辩证思维

佛家宗教求义理，释迦并非膜拜神。
不立文字拈花笑，经典杂陈无独尊。

季羡林《佛教的倒流》（载《佛教十五题》，中华书局 2006 年版，第 48—49 页）
讲到"恩格斯认为佛教有辩证思维"。

801 茶禅诗一味

僧寮道院静，月下松竹风。
凉亭雅室里，曲几轩窗明。
访友无鲜果，山泉雀舌烹。
晏坐行吟处，清谭把卷茗。

802　食野之苹

秋阳静谧黄绿茎，依偎小鹿竞温柔。
食野之苹圣洁美，不胜凉风溢娇羞。

803　孙子家族基因

孙子兵家祖，齐国田氏族。豪门倾轧烈，避祸走越吴。
田完五代子，灭莒功勋殊。将门赐孙姓，孙辈孙武出。

804　夸　父

夸父逐日光，壮哉至死亡。
人欲脱苦海，幻光焕世光。

805　定格生灵

定格生灵五指力，瞬间靓鸟坚韧极。
天鹅写意淡水墨，暮归驼队隐约凄。

806　暮鼓晨钟伴

暮鼓晨钟伴，鹤唳九天声。
风掀浩海浪，炬燃黑夜明。
春雷惊天地，烈火凤凰生。

807　相见欢·昭君喜诀别

庙堂谢过真龙，
去匆匆！
窃喜腮边一点、画工穷。

深宫泪，
痴心醉，
几时清？
莫怨人间长恨、水流东！

808　中国人思维之深层特性

综合分析中西殊，国人勤思考辩独。
印度念性我解性，道生独悟踏新途。

季羡林讲《佛教的倒流》发问："为什么只有中国高僧才能发展佛教义理，才能'倒流'回印度去，这要从中国人民的精神素质着眼才能解答。"(1) 中国人的基本思维方式是综合的，有别于西方人的分析；(2)《含光传·系》认为印度人"念性"，而中国人"解性"；(3) 梁启超在《中国佛法兴衰沿革说略》一文中谈到中国人的"独悟"特色，譬如，晋代高僧道生"孤明先发，立不受报和顿悟义，"且他认为"一阐提人皆有佛性"，因而"受到旧学僧党的责难"。后来《大般涅槃经》从印度传入中国，里面果然提到"一阐提人皆有佛性，与道生之说若合符契。"由于梁启超认为"大乘教理多由独悟"所创，故他认为"中国人富于研究心，有'创作之能'。"(请参见梁启超：《饮冰室佛学论集》，江苏广陵古籍出版社 1990 年版，第 11 页) 季羡林最后写道："这就是独有中国高僧能发展印度佛教义理，'倒流'回印度去的原因。我探讨佛教'倒流'问题，到此结束。"(全文载于季羡林《禅心佛语》，中国书店 2008 年版，第 14—50 页)

至此，我倒不想结束：(1) 晋代高僧道生"独悟"而生三项佛学新义，旋即遭受旧学责难。假如，仅仅是假如，时至今日，印度大乘教理也未能涌现出道生的新创见，因而无法与印度大乘教理若合符契，梁启超先生会得出何等结论？（2）季先生似不能探讨至此就结束。因为，道生的三项新义理有可能是印度大德高僧独悟滋生而非"由中国反向流回印度的'倒流'。"宏观的一般意义上的倒流可以确认，微观的具体义理层面上的倒流似乎还得考究。也许，我又多虑了。

809　调笑令·山寺

山寺，

山寺，

晓月孤星靓日。

苍苔古柏松风，

山光潭影老僧。

僧老，

僧老，

缝补袈裟手巧。

读着常建的《题破山寺后禅院》（《家藏经典文库》编委会：《唐诗名家鉴赏》，中国工商出版社 2013 年版，第 104—105 页），对照周云龙《倚声艺术新论——填词技巧》（南海出版社 1997 年版，第 203 页）时间不长，就搞鼓出一首《调笑令》来。正自鸣得意之际，忽然想起吕力（笔名泊然）建议我读龙榆生先生《唐宋词格律》（上海古籍出版社 1978 年版，第 157—158 页）。翻开一核对，立马就傻眼了，二者相差太大了！改起来，好费劲。也很有趣！看来，戴着镣铐跳舞真是别有一番滋味在心头！

810　细雨霏霏笼邯郸

细雨霏霏笼邯郸，菡萏红白寺飞檐。

阴阳古柏梦一枕，黄粱未熟快醒还。

811　特洛亚前传

海神忒提斯，嫁给珀琉斯。遍邀诸神宴，遗漏阿瑞斯。
颇耐此女神，专职司争执。心狠面皮羞，潜行暗滋事。
奉上金苹果，竟然只一个！刻有一行字：属于最美者！
赫拉雅典娜，阿芙洛蒂特。最美激烈争，不惜玉颜破。
闹到宙斯处，此事笃棘手。自己妻管严，赫拉天神后。
智慧雅典娜，情商不忍嗅。阿娇真美神，万万不能瘦！
思前又想后，宙斯和稀泥。御批特洛亚，听凭帕里斯。
大权天神授，谁来监管人。最美神魂诱，贿赂招招神。
天后送权势，智慧智慧给。美神馈美女，属谁无疑意。
王子泛海游，做客斯巴达。王后海伦美，娇羞天下花。
一见即倾心，再见不还家。美神窃窃喜，痴迷堪报答。
阿芙兑诺言，襄助帕里斯。诱拐一国母，十载香玉姬。
美神诚信诺，人间血泊河。一人温柔夜，万民枉死多。
两人真相爱，荷马史诗歌！特洛亚不毁，希腊史可涸？

812　廉颇绝非死义人

办事晓事不足论，犯颜死谏铮铮臣。
廉颇负荆堪嘉许，但非危难舍生人！

　　闲读北京交通大学王兆贵教授杂议《谁是伏节死义之士》有不同看法。好像中国春秋战国之际，对体制内高官要员谈不上杀身成仁舍生取义的要求与评价，如吴起、廉颇之辈；反之，对体制外的贩夫走卒杀猪屠狗者，倒是很看重信义的，如聂政、荆轲者流。

813　鹧鸪天·山神庙

霹雳晴空震汴京，
沧州发配也吞声。
野猪林里无禅杖，
豹子头恐小命终。

别妻后，盼重逢，
几回魂梦冷冰冰。
亏得风雪山神庙，
血海深仇血洗轻。

814　调笑令·东临碣石

宏阔，
宏阔，
沧海朝阳似火。
碣石雨雪风云，
可见魏武马奔？
奔马，
奔马，
老骥名播华夏。

815　三代城市泯故乡

寻根故事意味长，三代城市泯故乡。
间或乡愁欲望月，烟锁星空电力光。

816　调笑令·常建

常建，

常建，

寿诞无从觅见。

开元进士蹇连，

山山水水适闲。

闲适，

闲适，

间或激昂奋起。

　　对周云龙、龙榆生两位先生书中《调笑令》一词格律差异之大，我深受刺激，辗转反侧，终于忍不住，早早爬起来，抓起这两本书比较起来。结论是二者并无区别。不同在于两位先生对"唐词格式全同，惟句中平仄多有出入"的处理方式不同，龙先生"兹以韦应物一首为准，于举例中兼采王建、戴叔伦诸作，藉资比较。"但他所选韦应物之词是《调啸词·河汉》，而非更脍炙人口的《调笑令·胡马》，而《胡马》明显不符契龙先生列示的所谓《调笑令》之定格；加之，龙先生所例示的王建《宫中调笑》是《杨柳》，也不是王建那首广为人知的《团扇》。纵令如此，这两首均不契合龙先生所给出的定格；此外，龙先生所例示的戴叔伦的《转应曲·边草》之句中平仄也溢出了龙先生给出的定格。

　　至此，似可下一结论：龙先生给出的《调笑令》格律并非"定格"，镣铐只是按照韦应物的《河汉》量身打造的；周先生给出的镣铐是可以供大多数词人尽兴跳舞的。

　　于是，我尽可能用龙榆生"镣铐"跳出《调笑令·常建》舞，自然差了一拍，即"蹇"不合平仄。如果我查查历史，常建倘若一度被罢官，那对我填词就太棒了，只要把"蹇连"替换为"失官"或"丢官"之类的就 OK 了！噢，我的心理怎么这么阴暗呢？

817　非　凡

华夏百姓信不虔，揭竿窃用乏精尖。
弥勒道教上帝会，沸腾鼓噪闹喧天。

　　季羡林断言"整个中国历史上没有一次宗教战争……然而在利用宗教达到政治目
的或其他目的方面，汉族在几千年的历史上却表现出了非凡的本领，其他民族望尘莫
及……总之，汉人对宗教并不虔信，但是利用宗教却极广泛而精明。这在汉族的民族
性中是优是劣，由读者自己去评断吧！"我只能简捷地说："短期精明长昏聩，一切搅
得乱哄哄！"

818　姚奠中：学术正脉纯真守护者

正己为本用世归，学术一体不细分。
秉本执要是非辩，向俗博学笃求真。

819　渔家傲·雄关立

塞下秋来霜满地，
天高云淡哀鸿去。
四载烽烟今不举。
雄关立，
炊香皓月融融聚。

浊酒一杯愁海里，
边疆不靖无归意。
一曲悠悠羌管泣。
白发密，
被鞍执戟微曦起。

820   雏莺在春天逝去

一簇翠竹倚篱笆，几块瘦石立新家。

叵奈春风容不得，雏莺折翅卧落花。

陈如江《古诗指瑕》。（上海书店出版社 1998 年版，第 50 页）在"理不可究"论及王禹偁《春日杂兴》诗时，引用"陆游指出'语虽极工，然大风折树而莺犹不去，于理未通，当更求之。'"（《老学庵笔记》）陆游所说，有理。但有一点不确。王禹偁诗中写的是"和莺吹折数枝花"，而非陆游所谓"大风折树"！不过，王禹偁太自负了，其《春日杂兴》诗中那两句"精诣，遂能暗合子美"的"何事春风容不得，和莺吹折数枝花"，真要叫真儿，与杜甫原诗一对照，岂止是暗合哉！与杜诗的"恰似春风相欺得，夜来吹折数枝花"。重复率竟超过 57.1%。按照目前的学术规范，王禹偁至少属于学术不端行为，切莫再洋洋得意喽！

陆游提议"当更求之"，吾欲一试。因为，去年春天某日清晨大风之后，突闻窗外鸟叫声微弱凄惨，出门一看，一只小黄鸟卧在落地的桃花瓣上。它看到我，翅膀扑腾，折了；勉强站起又扑到，看来腿也折了。我把它捧回房间，消毒上药喂水……可惜，两天后，它还是离开了我们。这首诗就权当是对它迟到的纪念吧！

821   杂"花"生树

好炫一棵树，杂花乘风舞。

朗朗晴空中，垃圾化艺术。

《光明日报》2014 年 7 月 13 日 09 版"艺萃"刊发了一组摄影作品。其中，牛国政《杂"花"生树》摄影被置于"佳作欣赏"之列。陈常青的《驼队暮归》、白英的《写意天鹅》、郑宇的《五指的力量》与雷佳民的《靓鸟瞬间》被置于"定格生灵"之列。

822　丁龙捐终生积蓄感动恩主卡本蒂埃

天籁湾中皎月柔，目光散漫任意游。
展翅书桌阅读悦，光明日报手中留。

文化周末史钩沉，小字醒目眼帘中。
卑微华工宏心愿，荡气回肠写海龙。

早知老美蔑东瀛，华崽猪仔不堪听。
今知西部淘金热，卡本蒂埃反其行。
出身寒门欧陆徙，哥大毕业优异生。
律师实业两驰骋，将军校董富名声。
一己之力尽全力，奥克兰市缔造功。
铁路海港大坝筑，军队政府筹建成。
丁龙寻梦加州行，略知文字重德行。
一技之长无所有，劳动市场苦力工。
卡本蒂埃雇佣后，渐晓其人讲忠诚。
吃苦耐劳堪负重，克己要强度中庸。
自任市长自讨苦，日理万机日殚精。
不堪其烦难忍耐，迁怒管家退丁龙。

信任华人管家任，脾气爆发失不慎。
失去忠仆不可追，痛定思痛责己甚。

出乎意料早饭时，一如既往仆人至。
早餐备好香喷喷，笑容可掬谦恭气。
卡本蒂埃感动极，悔愧深深虔诚誓。
原谅主人语衷心，方知华夏夫子玉。

人知天命不恋权，卸任交还奥克兰。
辞别加州纽约返，大隐安居养天年。

管家随行纽约市，主人许愿为之事。
仆人出语主惊愕：哥大捐建汉学系。

缺知寡识我自知，孔孟老庄更依稀。
卑微只身别无计，美中互解我所期。

贫穷劳工慷慨举，富贵王公巨卿悴。
卑微底层高大尚，博学鸿儒太傅浏。

卡本蒂埃被感动，深知此事极难成。
亲自斡旋两校长，热情褒赞贵难能。

建系捐款一万二，忠仆一世血汗钱。
待到建成汉学系，恩主尽失房产权。

历尽艰辛校长允，丁龙汉学讲座真。
汉学研究成重镇，彪炳史册赖精神。
忠诚义举小人物，赢得敬重赏识人。
捐献史上无前例，帮助仆人破产濒。
坚韧到底情悲壮，乡村老屋自家魂。
忠仆家乡医学院，卡本蒂埃雪花银。

反复读美籍华人、哥伦比亚大学教师王海龙文章《一个中国劳工与美国哥大东亚系》，震撼心灵，油然生敬，不禁为丁龙与卡本蒂埃引吭而歌之。

823　莫奈日出印象

波光曳荡，似血朝阳。云蒸霞蔚，紫光苍凉。
扁舟独桨，划向何方？极目眺望，疑似教堂。
人陷此境，停棹神伤。上帝已死，心乱迷茫。
解构传统，印象滥觞。梵高马勒，熠熠星光。

824　汤一介：真诚做人做学问

学做学问学做人，境界高低真诚分。
自由思想生创造，旧邦惟赖新命存。

825　汤一介：人格与家风

先生名一介，其名笃契人。书香门第后，祖父单讳霖。
晚清中进士，家风影响深。乃父中西贯，梵语抵精纯。
事难从不避，责任必挺身。旧邦革新命，反本后开新。
天人合一善，知行合一真。情景合一美，和而不同神。
儒雅沉静气，真诚内敛心。儒藏工程巨，耄耋不言沉！

826　布洛涅大街上

百零三秋渡，布洛涅巴黎。马车吱嘎响，车身缓缓移。
汽车速度快，车轮当弗晰。如此清晰度，油门火似熄。
车主余光处，宠物信步熙？恐非疏闲影，黑亮皮草衣。
款款贵妇走，徐徐冷艳极。温和一瞥逗，嘴角露端倪。
雅克快门按，美好隐奢靡。瞬间现实在，梦境创造琪。

雅克·亨利·拉蒂洛的身份是画家和收藏家，却又以摄影家名世。在长达70余年的摄影历程中，他留下了150万余张摄影作品，是一位名副其实的业余爱好者。直到69岁，他才受到世人瞩目。其名言是："摄影真是一件奇妙的事！它散发着神秘的气味，有一点让人感到奇怪和不安，但终归你会很快爱上它！"

美国纽约现代美术馆原摄影部主任约翰·萨考斯基在评价拉蒂洛的摄影时说："业余爱好者这个词有两层意义。就其古典意义来说，它表示的是与专业人士相反的意思，指的是那些为了爱好而不是为了这个世界有可能给予的奖赏而沉湎于问题之中的人。从这个意义上说，业余爱好者这个词经常指的是在某个领域中最纯粹的实践者……"（王巍：《光明日报》2014年7月13日09版）成为一名中国诗词曲的业余爱好者，吾之愿也！

827　鹧鸪天·西安游

古树今朝抽嫩枝，
荔枝就到华清池。
回眸一笑千嫔弃，
马嵬坡前长恨诗。

人易忘，悔无及，
秦陵汉墓乐游怡。
步出唐苑沉沉醉，
惊艳霓裳炫舞时。

828　少游词何遗失多

少游性情冶游怡，歌词不耐编纂集。
散落青帘红袖里，莺歌婉转底本遗。

《宋六十名家词》一书中明代人毛晋所作跋文内引用朝溪子所说之"少游性不耐聚稿，间有淫章醉句，辄散落青帘红袖间。虽流播舌眼，从无的本"。（参见日本学者青山宏：《唐宋词研究》，北京大学出版社1995年版，第189页）

829　吴为山《塑以祭魂》震撼

甲午正月底，金陵正细雨。初春乍起风，竟有秋凉意。
络绎人不绝，颇与清明似。缓缓默默挪，凝重《逃难》遇！
一九三七末，腥风浇血雨。家破人亡时，逃难何所去？
南京尸横亘，大地怒吼起。激越低沉中，冤魂呐喊飑。
弥天大恐怖，翻案绝不许。直言安倍流，历史不可戏。
亿万华夏子，精神已崛起。民醒不可欺，石头砸自己。

830　欣闻涉县养殖鲟鱼成功

涉县冰泉塘，鲟鱼数尺长。二百来斤重，六龄顽童忙。
黝黑鱼雷影，远来黑龙江。寿考一百二，举世羡鱼王。
其子以母贵，黄金乏其光。其母赖子艳，举世谒鱼王。
惜哉我偏执，鱼子我不尝。唯愿性灵久，鱼王河北昌。

831　郭沫若的虎符

斑驳虎符不期至，激情灵感大剧生。
岂料仆人尽职守，郭老无奈古朴终。

　　读杨建明《郭沫若的虎符》（《光明日报》2014 年 5 月 14 日 12 版）不禁莞尔，想起当前不少大艺术馆博物馆清洁工将现代艺术品当作垃圾清理出去的趣闻，不得不承认，任何东西在不同身份、地位、阅历、学识、情趣、口味、性别、民族、信仰……的人那里，都是不同的，尊重他人吧！莫以己见去衡量他人。

832　世纪老人的嘱咐

农耕文明好，工业社会前。
而今后工业，其命开新元。
生死互蜕变，一刀两断难。
儒家三才欠，老子四大安。

　　读中国工程院院士任继周教授文章《世纪老人的嘱咐——任继愈逝世五周年祭》（见《光明日报》2014 年 8 月 20 日 11 版），更加敬佩任先生的为人为学，羡慕先生兄弟二人的情谊、情意、情义。

833　蜗牛呆萌观水涡

帕尔马河平似镜，小花两朵即生境。
水滴溅落涟漪生，漩涡有若无底洞。
两只蜗牛突好奇，竭力伸长细脖颈。
凝视漩涡五分钟，居然一动也不动。

此间启示或无穷，不宜轻言显呆萌。
蜗牛软体小动物，好奇心理表征明。
静观贵在类科考，探索专注属精灵。
绝非围观看热闹，性有灵犀两相通。

　　房婉、郭文静写作的《蜗牛围观水涡显呆萌》(《光明日报》2014 年 7 月 3 日 16 版)
一文上方配发了摄影师阿尔贝托·吉兹·帕尼扎前些日子在意大利帕尔玛的波河边捕
捉到的有趣画面，的确有趣，但更发人深思，促人清醒，小动物们的灵性看来有很多
尚不被人所知，更不被人理解，需要科学破解，需要人像这两只小蜗牛那样好奇专注
地观察分析假设试验实验证明或证伪，才能有所发现，有所突破，有所前进。

834　云山深处宜听琴

山石流泉云舒卷，碧波白帆陋室清。
明月松风古琴起，扁舟侧坐闭目听。

835　独乐寺

观音巍阁独乐寺，俯瞰唐宋元明清。
山门屹立最古老，承唐启宋辽圣宗。

836　南意自在意

黄牛非黄牛，白马仅白马。
南部意大利，在意在当下。
规制一边去，全赖钱说话！

　　何农先生发杂文《南意不"在意"》于《光明日报》2014年5月12日12版的"域外杂谈"栏。问题俏皮，不知其所云，勾人异读异感。这有点儿像"一碗清茶，解解解元之渴"的下联，即"七弦妙曲，乐乐乐府之音"。初闻乍见，以为以"三'乐'对三'解'，词性、功用分别对应，对仗工整，即景应对，切人切事切情"。倘若细究，则瑕疵立见矣。因为，三个"解"之读音分别为"jiě（三声）、xiè（四声）、jiè（四声）"，而这个"乐"之读音虽有"lè（四声）、yuè（四声）、yaò（四声）、luò（四声）"四个，但这儿这三个"乐"读音只有两个，即"lè（四声）、yuè（四声）"，音律不谐；而且上下联六个字皆为仄声，读起来有若拗口的绕口令，听起来不顺不美。《南意不"在意"》在这一点上颇类似之。更何况把这题目补齐或许还会招致一些不必要的不想要的。的确，"南部意大利，似乎不是'意大利'，而就是'南部意大利'！"但是，由这句话是推不出"南意不'在意'！"的！！而且，"南意不'在意'！"这么个"饶人的"（恐怕出现了别字，不应该是"绕"吗？）东西，怎么能有资格而且还"绝对跟中国古代哲学家著名的诡'辩'论（中间那个字恐怕是不宜省略的）'白马非马'有一拼"呢？差太远了！

837　穆涛（1）

莺歌燕舞恰恰地，惠风和畅也有时。
浓墨重彩作家水，民心踏实安定宜。

　　第六届鲁迅文学奖散文杂文奖获得者穆涛的获奖作品是《先前的风气》（《光明日报》2014年9月19日13版）。对其《对我来说，散文是什么》一文颇为认同，不同之两点以诗表征以述怀。

838　穆涛（2）

西方文论万木春，自家话语重几分？
博大精深古汉语，老到沉实再不闻！

839　远古笛音

塞外草原贫穷地，寒冷温暖相交替。
七岁恐惧进教室，草屋门口泪泗涕。
金秋朗日老师美，短笛紫红一曲曲。
幽兰香馥浓荫鸟，姐姐好看止哭泣。
健飞学名老师取，个中或许寄他趣。
逻辑概念自小无，数学公式暂存寄。
衣不遮体慕娇女，自卑深深藏心底。
亏得远古琴音激，松下茯苓生意义。
敏感内心皎月升，回鹿山在脑海里。

鲁迅文学奖获得者侯健飞的获奖作品是长篇叙事散文《回鹿山》。读其《远古的笛音》（《光明日报》2014 年 9 月 19 日 13 版）一文，对其成长的经历颇感兴趣，歌之！

840　天净沙·说出心里的痛和爱

人生短苦悠长，
古稀落寞凄凉，
少了激情力量。
随心所欲，
写出真爱悲伤。

841　道非道

道非道，经非经，老僧不语佛法通。
柏荫之下吃茶去，各依阅历悟性灵。
万物珍惜苍生敬，何愁天下不大同。
欣欣向荣终有死，奇点暴涨宇宙生。

　　鲁迅文学奖得主贺捷生的获奖作品是散文集《父亲的雪山，母亲的草地》。读其《说出心里的痛和爱》（《光明日报》2014 年 9 月 19 日 13 版）感怀。

842　几何分析突破重

复杂高维粘接起，复几何化单值猜。
第一陈类为正后，丘氏猜想久徘徊。
多种几何化纲领，方法集成纠结开。
卡勒几何新境界，弦论有望突破来。

　　1916 年，爱因斯坦提出用一个二阶非线性偏微分方程来度量引力场，这就是著名的"卡勒－爱因斯坦度量"。1954 年，意大利几何学家卡拉比提出一个猜想，即一个复杂高维空间是由多个简单的多维空间"粘"在一起的，这就是"卡拉比猜想"。1984 年，丘成桐因解决了第一陈类为负和零的"卡拉比猜想"而获得菲尔兹奖。他还提出，第一陈类为正的"卡勒—爱因斯坦度量"可能存在的问题可以转化为代数几何的稳定性问题，此即"丘成桐猜想"。这个猜想已经困扰了国际学术界几十年。最近，数学家陈秀雄—唐纳森—孙崧的系列论文给出了"卡勒—爱因斯坦度量"存在性之"丘成桐猜想"的完整证明。这标志着卡勒几何的研究达到一个新的高度。（参见《光明日报》2014 年 5 月 15 日 01 版）

843　庸近道

庸近道，道非庸，中庸之中读四声。
一朝得道悟空境，内心澄明大德行。
摒弃平庸求进取，不急不躁儒雅容。
克己复礼教天下，鞠躬尽瘁起卧龙。

844　秋风蛩鸣凄

叶黄草萎露端倪，皎月秋风蛩鸣凄。
当年喜看御敌怒，如今谁还斗促织？

845　妙玉随手扔了成化斗彩

栊翠庵里贾母行，妙玉敬上茶一盅。
姥姥脏手拿捏后，港币二点八亿扔。

　　《红楼梦》第四十一回写贾母等在妙玉处饮茶。妙玉捧与贾母的是一个"成窑五彩小盖钟"，贾母吃了半盏，就递给了刘姥姥喝，妙玉嫌脏，就不要了。马未都说，"成窑五彩"就是"白地青花，间装五色"秀丽清雅的成化斗彩。今年，一件成化斗彩鸡缸杯在香港以 2.8 亿港元成交，刷新了中国瓷器拍卖纪录。（张艳：《窑火千年巧烧瓷》,《中国之翼》2014 年 9 月号，第 121—126 页）

846　霍春阳的顽石

漓江滩水烟雨萌，顽石偶得纹自成。
天籁律动浑交响，灵犀林间顿澄明。

847　霍春阳：笃守一者

毛笔硬神通，空手鱼鸟竹。

废画三千后，山花烂漫时。

顽石起灵感，林间意气舒。

拜访名师众，造化笃守一。

《山花烂漫》是画家霍春阳先生的成名作，而《林间》则是其颇富灵感的代表作。

848　自度曲·屈原是否到过郧阳

楚辞"抽思"摹汉北，

汉北一直郧襄地。

清人蒋骥已熟知。

"渔父"吟唱沧浪水，

沧浪小洲水经注。

而今立项探终极？

849　游金梦

游戏寓幻想，热恋化悲凉。

金钱畸欲望，交混竟乐章。

骆玉明把《西游记》、《金瓶梅》、《红楼梦》放在一起讲，而且起了一个有趣的名字《游金梦》，直白有深意、新意。(《光明日报》2014 年 4 月 7 日 07 版)

850   楚辞造就他

屈子巨伟大，楚辞造就他。
到没到汉北，政治不堪夸。

851   天籁湾秋晨

天籁安宁残梦轻，疏星淡月起霜风。
湾水荡漾枯荷诉，寒蛩抽泣枕畔声。

852   唐诗宋词吾之论

李杜诗后继无人，豪放宋词自苏辛。
子昂摩诘或可论，淮海婉约易安纯。

853   书　圣

胸袒脐露东床暇，群贤毕至缘寻他。
吟诵流觞阑珊意，兰亭一序映晚霞。

854   大运河非修不可

帝王功业民乐家，百代逐鹿南北差。
南粮仰赖运河水，毁在倾国看琼花。

855　江南好·知耻后勇

家乡好，
月也故乡明！
坐井观天闻孤陋，
旅游一趟顿吃惊，
知耻勇才生。

856　悟《诗之絮语》

写诗哪里要逻辑，颠倒酒神率性迷。
人生一世一场戏，展翅新诗象征奇。

《诗之絮语》的作者为徐芳，诗人、作家。这篇随笔刊登在《光明日报》2014年
8月8日16版。

857　武汉高铁站见闻

黄鹤楼倚白云边，周黑鸭子面热干。
广告樱花正烂漫，嗨一声到珞珈山。

858　时间与人

时间乃箭矢，人心欲望弓。
竭力向后拽，手臂无奈松。
飞矢飞逝去，命运无可挣。
箭矢何所中，箭箭死寂生。

859 学会享受孤独

凉夜渐渐深，酒醉早已沉。
清冷戚凄月，孤独好诱人。

860 春雨鸟鸣

鸟鸣看春雨，雨中听鸟鸣？两者非因果，关联类伴生。
春雨霏霏里，或有啾啾声。此中何诗意，骚客遐思情。

861 江城子·又到东风

波音飞上海滨空。
过江城，
沐东风。
青山十堰，
楼入楚云层。
极目登临皆不识，
多少事，
月朦朦。

862 十六字令·胡辣汤

香！
一碗开心胡辣汤。
逍遥镇，
荡气复回肠！

863　东亚人起源何处

科学生成过程中，绝非一言九鼎型。

东亚人种源何处，非洲多地假说争。

遗传证据判决性，考古溯源辅助工。

人种基因组差小，一源自演漂变成。

起源本身不重要，环境思维种差丰。

洲际种系包容后，互尊鉴赏有大同。

　　阅读《东亚人：本土起源，还是出自非洲?》(《光明日报》2014 年 9 月 26 日 06 版)
的思考。我很欣赏记者齐芳女士所写的记者手记——《不要让芜杂的噪声干扰正常的
科学活动》，因为，学术论文最好不写出诸如"也就是说这些手斧不能代表大规模的
西方人群的迁徙和对本土人群的置换；如果硬要在二者之间建立传承关系，就会发生
关公战秦琼的荒唐故事"之类的语句。(1) 这种文学色彩浓重的表述很容易演化为引
起无谓争议的"噪声"，何苦呢？ (2) 在提出或建构假说乃至检验假说的漫长阶段中，
您认为属于"关公战秦琼的荒唐故事"在他者头脑中或者能演化成"举世震惊的伟大
创新"。

　　这似乎正是"四大'人种'"之"现代人不同大陆群体之间的基因组差别很小"
而目前的发展水平与未来的发展态势却差异有若天壤的根源！

864　渔歌子·暮秋遣怀

昨夜红枫乱冽风，

黄叶飘落锦鳞惊。

蛩绝唱，

旧愁生，

盅盅古井醉歌声。

865　高迪之城风光美

巴塞罗那熠熠光，高迪遗产近疯狂。
三维立体扭曲面，上帝派其建天堂。

866　清平乐·豫鄂情

豫南鄂北，
山翠云烟水。
隧道连连阳光璀，
秸秆怡然烧毁。

茫茫霾雾重重，
徒然醺日当空。
还在开山劈岭，
万达十堰新城。

今天，一大早就离开天籁湾，从天津站到北京南，换乘三次地铁赶到北京西，乘 **G79** 穿过河北河南进入湖北，在武汉下车，又乘动车赶到十堰。很累，不过感受也很多。

867　全州晚秋美

全州晚秋美，漫山夕照红。
犹如贵妃醉，摇曳舞清风。

868　全州米酒酒菜香

全州米酒酒菜香，酱蟹三合猪血肠。
豆芽什锦白泡菜，寒碧楼呷砂罐汤。

869　韩国美食全州城

韩国美食全州城，魅力勾魂久慕名。
门庭若市奔酒菜，香味弥漫风轻轻。

870　风雅韵致梨姜酒

生姜梨酿酒，传承赵鼎衡。
纯静人不醉，风雅韵致浓。

871　米酒畅饮小巷中

米酒味美菜肴丰，其乐融融价格公。
垂涎陶醉谁肯去，豁拳畅饮小巷中。

872　甘甜母酒宜醒酒

绵软甘甜母酒酿，大东野乘记述详。
皇妃老母特创制，最宜酒后醒酒汤。

873 风雅长忆古全州

阵阵秋风寒碧楼，柳下清川潺潺流。
砂罐鱼汤热辣辣，风雅长忆古全州。

874 "大酱园"

名冠大酱园，俗俗赫赫奇。京城处何处，坐落东城区。
胡同东总布，位置在最西。长寿越六百，元代非古稀。
一条柏油路，北洋财长资。不足一公里，无数名人集。
少帅班禅礼，宗仁济深揖。沈老史良在，校长教授栖。
白尘赵树理，一房接替居。作家搬入后，窗灯夜难熄。
清晨孰能起，石雕输痴迷。咪咪毛罔处，鸟鸣喧闹息。
而今无处觅，再也不可期。读罢陈虹语，热盼留声机。

读《光明文化周末》"留声机"栏目刊登的作家陈白尘女儿陈虹文章《"大酱园"的故事》（《光明日报》2014 年 8 月 15 日 15 版），很有趣。不到一公里的东总布胡同竟住过张学良、沈钧儒、史良、李宗仁、班禅、李济深、陈香梅、马寅初、陈岱孙……最有趣者就是陈家老保姆用乡音说的"咪咪毛罔（发音竟然是"màng"，还得读四声）"，意思是头发没的了！

875 帝王坟冢倍阴森

平地而起南北分，雾重云厚寺庙昏。
寒风劲透茅屋冷，帝王坟冢倍阴森。

876　飞机品《品》（1）

元代始创银槎杯，筏木银河张骞回。
碧山绝技存台北，匠心独运启心扉。

从上海飞石家庄，请公务舱空姐送我一册《品》（NO.112014总第35期），读09
页《筏木银河》（元至明朱碧山款"张骞乘槎"银槎台北故宫博物院藏）。

877　飞机品《品》（2）

乾隆漆器精妙极，红枫筋脉锦缎绮。
凄秋叶落清冷隐，一声蛩咽泄天机。

读《品》08页"叶落知秋"感怀（清乾隆剔红枫叶秋虫图盒座高8.5厘米，口径
13.5至10.5厘米北京故宫博物院藏）。

878　飞机品《品》（3）

老屋清川曲，修竹逾千竿。
茅亭吟风月，诗酒抚古玩。

品读《品》62—65页《沈周与"流动的画廊"》有感（沈周所居之名乃"有竹居"）。

879　再别康桥

今夜别康桥，虹绝不笙箫。
夏虫俱沉默，冷月孤寂漂。

880　十六岁女孩

二八花季女，美梦久已疏。
闹铃惊悚促，梦碎乱塞书。

　　学习王朝彦《文笔训练》一书，第289页要求阅读者对两首《十六岁女孩》现代诗进行评析。坦率地说，对西方的现代诗隐喻意象我是既不能理喻，也无从感悟。因为我丝毫也没有西方生活的感受，更没有被西方文化扭曲的经历与熏陶。

881　清平乐·日本人缘何频获诺贝尔奖

孤高之道，
信马由缰早。
荒野赤崎独自跑，
蓝色 LED 找。

举国上下欢欣，
有人告诫深沉：
老本已难为继，
多些宽厚恒心。

　　10月7日，瑞典皇家科学院宣布2014年诺贝尔物理学奖得主为赤崎勇、天野浩和中村修二。"日本人缘何能够频频斩获诺贝尔奖"已经成为世界各国媒体热烈议论的话题，走"孤高之道"（指赤崎勇所说的"我孤身一人，在荒野前行"）似乎是最重要的原因。而今，环境不宽容，学者缺耐心。（谢宗睿：《日本人缘何频获诺贝尔奖》，《光明日报》2014年10月11日08版）

882　在那山道旁

山道雾濛濛，蓝花绿草丛。
凄惶睥睨转，冰火激荡胸。
默默白裙远，料料峭峭风。

　　徐志摩那首《在那山道旁》诗歌的意象我是读王朝彦《文笔训练》一书生成的，说实话，我不喜欢，也包括那首《再别康桥》。至少，在我脑中形成的意象不美。

883　点绛唇·易水寒酷

灿灿丹枫，
黄花瘦瘦凄风舞。
北山高路，
直入云深处。

洒泪无须，
易水歌寒酷。
长亭树，
簌簌如诉，
一曲苍凉筑。

884　不知琴音也盎然

碧空一洗天池蓝，傲岸虬松六百年。
百衲古琴龙吟曲，纵无知音也盎然。

885　清平乐·闷与狂

酒神艺术，
不走寻常路。
印象缤纷独白舞，
诗意心灵深处。

感觉饱满充盈，
耄耋实现初衷。
激越语言涨破，
癫狂隐晦深情。

读中国海洋大学温奉桥教授评介王蒙新作之《感觉的狂欢与小说的可能——读〈闷与狂〉》，有点儿想读读王蒙新小说的念头。

886　古松茅舍伏羲琴

古松茅舍伏羲琴，情意绵绵忆故人。
篱畔听者喟叹去，杀机隐隐搅清音。

陕西传媒人、青年作家邢小俊在《光明日报》发表《终南山听琴听雨》，听琴听雨，还有夕阳下两只小松鼠……很有异趣。

只是，只是，怎会是"次日凌晨，屋外淅淅沥沥下起'大'雨，甚喜！"呀？淅淅沥沥的，似乎应该是"小雨"吧？

哦，不插上那只"眼中充满了浓浓的哀怨和炽热的情欲"的小狗贝贝与"她的情郎"小白狗的姐弟情欲那长长的一大段，文章就写不下去了吗？

而且，而且，有了想打死一只嗡嗡叫的苍蝇的念头也叫"杀气太重"的话，那是不是操琴人应该任那只苍蝇能像贝贝一样，去会她的情郎苍蝇弟弟或者哥哥，然后一次生下一窝（多少只？我不知道，反正不会最多才9粒苍蝇卵！）才叫宅心仁厚，或者没有杀气吧！（《光明日报》2014年10月17日16版）

887 知识分子谁低级

知识分子谁低级？诗神直指吴敬梓。
皆缘我懂你不懂，朱子治家笑谈讥。

在《"邶风·凯风"——天要下雨，娘要嫁人》一文中，诗神写道："'四大名著'不是'正经文学作品'。吴敬梓的《儒林外史》充分反映了低级知识分子的低级思维模式。"

888 名人应自重检点

大名鼎鼎演艺人，哈欠连天宁财神。
吸毒自毁形象败，莫再扯淡创意寻。

889 风格立异创新宜

苍劲古朴旧体诗，香艳清幽花间词。
而今情寄诗词曲，风格立异新创宜。

890 江南甪直古镇

江南桥都甪直镇，四十一座古桥存。
小桥流水人家美，千年古刹亦绝伦。

苏州市吴中区甪直古镇有江南"桥都"之誉，一平方公里的面积上竟有 41 座宋、元、明、清历代的造型各异、古香古色的石桥。坐落于古镇内的保圣寺始建于 503 年，已有 1510 多年的历史。(《光明日报》2014 年 10 月 25 日 09 版)

891　清平乐·天艺泽

那年盛夏，
偶见磨漆画。
各具千秋涂潇洒，
韵味无穷高雅。

小山颇似家园，
魔笛吹醉春山。
花样年华心意，
装潢我辈承担。

892　清平乐·湘军

湘军风景，
儒士山农领。
名教扶持尊孔孟，
上下灵魂道统。

愤然宣战搏争，
剪除洋教横行。
史料丛刊掘救，
湘军十卷缉成。

"国家清史编纂委员会·史料丛刊"所属大型史料丛刊《湘军》共十卷 800 多万字由社会科学文献出版社出版。该书总主编朱汉民"总序"节选以《湘军是一支有文化的军队》为题在《光明日报》（2014 年 10 月 28 日 16 版）刊发。

893　易水萧萧

秋暮枫叶坠，击筑壮歌悲。
酒肉何滋味，西去不思归。
太子疏狂子，百姓血横飞。

894　小我降人间

有限无几前，小我降人间。
漂泊逍遥返，梵我共游天。

895　鼓角横吹曲

白登二曲关山引，采菱谢幕绿水憨。
胡吹旧曲或最早，年代无缘断木兰。

896　灵岩寺

灵岩古寺东晋建，北魏重修名气传。
四大名刹盛唐冠，而今一谒心潜然。

897　盛夏游灵岩寺

岱宗西北麓，访古灵岩山。峰峦环抱秀，叠翠老柏檀。
沧桑千佛殿，梵呗塔林旋。酷暑游此境，一潭浸心寒。

898　清平乐·漆艺古琴

绚红凝碧，
雅正平和曲。
淡静清虚新气质，
含蓄深沉神秘。

青铜漆艺融合，
雄浑庄重风格。
优美造型独特，
中华文化传播。

899　游北汉山公园

北汉山峦路，落满萧萧木。
松鼠跳涧石，喜鹊鸣高树。
青青禅院幽，峰起密林处。
轻盈上石阶，稽首礼佛祖。
颇耐犬吠凶，直似拦路虎。
何必强敬香，转身慢漫步。
论辩唇干涸，东亚和平瞩。
沟通坦途少，雄辩匮基础。
国家不可超，都争一寸土。
一帮吉珂德，大战风车苦。

900　皇家驿栈

皇家驿站中，俯瞰紫禁城。
落地飘窗后，杯酒五味生。

901　古槐苑

明代古槐苑，今日小酒店。
暮鼓晨钟里，沧海桑田变。

902　清平乐·皇城脚下

灰墙黄瓦，
怡尔夕阳下。
天地一家简约雅，
叫板高楼大厦。

往昔无限风光，
抚摸岁月沧桑。
胡同灯笼裤里，
四合小院清霜。

从呼和浩特乘飞机抵达天津，未及回家就被李大伟博士一行用奔驰车拉到了北京。夜宿金龙建国温泉酒店闲读《皇城脚下四合院》一书杂感丛生。

903　咂摸餐吧

历尽沧桑幽隽雅，鸡丁宫保璧比萨。
鸡尾五彩咂摸嘴，红男绿女风情搭。

904　束河人家

帝都胡同深，滇南料理真。
火锅浓香溢，束河镇上人。

905　清平乐·海河边雕塑

人间天上，
河畔七夕享。
抚偎佯推激情悚，
高速腾云眯惘。

苍穹织女牛郎，
朝朝暮暮彷徨。
回望人间如此，
不禁泪雨神伤。

906　忆　旧

记得四年前，漫游北汉山。
饭后邀老友，落叶议论坛。
东亚共携手，其乐融融难。
东京两年后，相聚梦境间。

　　不幸被我言中，两年后本应在东京召开的第四届中日韩三国东亚和平论坛会议自那时中断至今。

907　紫砂大师顾景舟

紫砂有史第一流，抟泥小技不低头。
傲岸柔肠古风骨，清贫冷雨自泛舟。

908　水调歌头诗不及

水调歌头吟明月，超然旷漠诗不及。
词媚讥刺缘何起，唐宋狭缝花间集。

909　京洛千里路迢迢

京洛千里路迢迢，高铁送上铜锣烧。
广播已报龙门到，京逗饼干还在嚼。

910　背倚青山我瞰湖

游罢三国并水浒，背倚青山我瞰湖。
云气隐约鼋头渚，尘心一洗碧螺壶。

911　云湖品阳羡茶

横山跌宕青，大德精舍风。
云湖潋滟月，一品阳羡茗。

912　北京中信金陵酒店天晴

朝霞绿翠滴，暮霭波涟漪。
园林幽静雅，鸟语花馥怡。

913　细意浓情红豆杉

金陵红豆杉庄，杉林万亩一旁。
细意浓情曼享，请莫忘了家乡。

914　昨夜一席绝酒精

昨夜席上绝酒精，跨洋小聚叙旧情。
揖别清华卅二载，霜鬓怡然朗朗声。

915　老北京缘何来晚了

老友啸傲农行行，驾车赴宴清华东。
醉爱遽然寻不到，霾重灯昏路异形？

916　偷鸡屠狗欺星月

偷鸡屠狗欺星月，作乐寻欢艳阳天。
三十九年杳然去，五大连池聚首难。

917　时尚餐厅论草根

离离原上岁岁荣，只缘植根厚土中。
一朝得意黄粱梦，水晶匣里舞虬龙。

　　清华电师七班同学李镭、王景琦夫妇，王丽与其先生，丁宁宁、王孙禹、赵伟、韩可都、谷良、黄震波和我共11人，在清华大学东南门左前方的"醉爱时尚"餐厅小聚，滴酒未点，甚有反讽意味，很好，值得永载于电师七班史册。

918　徐志摩小脚妻子

小脚名门女，乡下土包子。
无论婚前后，志摩正眼无。
夫妻乘机呕，才子被反击。
生活无情趣，冷酷抵至极。
无奈离婚后，柔弱顿奋激。
幼教学习苦，云裳公司怡。
女子银行首，策划出全集。
高堂依旧赡，幼子育心悉。
谁最爱浪子？无疑张幼仪！

　　张幼仪，是徐志摩的第一任妻子，其二哥为大名鼎鼎的张君劢；但却被浪子蔑称为"乡下土包子"。离婚后，她在裴斯塔洛齐学院专攻幼儿教育；回国后，先办云裳公司，后主政上海女子储蓄银行，均大获成功；难能可贵的是，离婚后，她一直服侍徐志摩的双亲，精心抚育她和徐志摩的儿子，连台湾版的《徐志摩全集》也是在她的策划下编辑出版的。

919　赴浙大考察农技推广

冬至西子畔，饺子酒聊闲。
浙省小农业，浙大怎艳嫣？

920　听鲁兴萌一席话猛省

浙大根基厚，农大项背难。
省府殷殷望，创新贵周延。

921　清平乐·移沿山

申嘉湖侧，
领略农庄乐。
黛瓦粉墙宁静忒，
竹影波光月色。

沙滩车赛开怀，
田园蔬果收摘。
姹紫嫣红花海，
炖鸡香味扑来。

922　西荡漾

吴兴沼泽地，美秀生态园。
鱼虾西荡漾，鳖蟹怡稻田。

923　湖　羊

湖羊眸子亮，牧场已循环。
一家带百户，绝技西域传。

924　清风明月酒家

清风明月酒家，远离孜孜嘎嘎。
坐落农民学院，典雅素朴风华。
落落大方服务，菜肴特色鲜滑。

925　清风明月陈氏宴

清风明月店，陈氏家宴传。
一声清脆语，影留太湖南。

926　与浙大教授话别

浙大紫金湾，颊红细恳谈。
月下频挥手，推广赞连连。

927　叹诗人陈超

桃花刚开放，凄风送死亡。飘然卧泥土，血渍尚未凉。
君去弱智惨，撒手弃高堂。绝情何至此，又是抑郁殇。

读高秀芹悼念陈超文章（《光明日报》2014 年 11 月 17 日 16 版）。

928　菲莱几时醒

古人看彗星，天灾征兆惊。欧洲登彗举，厄运几度生。
飞船罗塞塔，十载遨太空。光棍节甫过，"六七P"听。
菲莱缓缓降，二十八分钟。荧屏喜讯闪，欢呼掀大厅。
无奈引力小，反弹飘荡踪。扪胸屏息寂，一针坠地声。
两度揪心痛，三落始建功。菲莱终站稳，照片十张清。
成像黑灰色，貌似鹅头形。体味颇厚重，熏肉硫化氢。
一切皆顺利，唏嘘网络疯。万虑微隙起，菲莱梦乡行。
几时能清醒，无为等待中。

"六七P"是飞船罗塞塔上名之为"67P"的通讯设备，为念为六七合平仄且维持
五字发言而改写。

929　光怪陆离大上海

雨果降南山，朵云入静安。米兰婚纱靓，鹭鸶舞晴天。
比萨意面酷，蟹黄小笼鲜。小小艺术馆，时装非等闲。
一百食品店，接踵鼎沸喧。黄浦江边路，摩天楼外滩。
何处徐家汇，欲辨不识南。借问淮海路，嗲嗲语少男。

930　岁月留痕老知青

岁月留痕老知青，北大荒中受苦穷。
大妈网络斑竹唠，风流无尽步龙钟。

《上海航空》"岁月留痕"写到上海一位已成老大妈的女知青，并不熟稔网络而今
已成"斑竹"，而风流人物则指姜昆、聂卫平、梁晓声之流也。

931　清平乐·饺子自己包

一生碌碌，
学问杂家务。
二两茅台三两醋，
十个饺子下肚。

怡然面对歇闲，
匆忙将弃身边。
天大事儿不问，
品茶诗赋天天。

　　哦，突然想起，陈独秀、胡适、鲁迅们大概都不包饺子，郭沫若、巴金、茅盾们大概都不会包饺子，钱锺书、沈从文、徐志摩、老舍们呢？莫言过去也许包过饺子，现在也许好久没有自己包过饺子吃了。当然，自己包饺子自己吃，别有一番滋味在心头。因为，天底下恐怕也有为数不少的人想自己包饺子自己吃而未果的。只是，教授们，特别是知识分子教授们还是少包点儿饺子，把省下的时间用来多读、多思、多说、多写点儿，也许更好。

932　清平乐·从直隶总督府赴德州

德州路远，
约定今天晚。
驴肉火烧三春店，
馄饨吃完东站。

和谐撕裂寒风，
易拉罐抵京城。
地铁转乘高铁，
麦田齐鲁葱茏。

933　清平乐·谢冕

大师草芥，
愤怒忧愁烈。
自幼爱诗白发雪，
沉默超然境界。

自如谈笑风生，
生活就在诗中。
名字写于水上，
自由节制均衡。

　　阅读李琭璐《谢冕把日子过成诗》(《光明日报》2014 年 11 月 14 日 05 版) 一文非常羡慕谢冕先生这种诗意盎然的生活。

934　菩萨蛮·一夜尽情

问答争论犀凌语，
筵席酒盏频频举。
学术去爪哇，
芙蓉灿灿霞。

通宵游戏笃，
渐渐东方曙。
纤手启轩窗，
轻拂满室香。

935　清平乐·五大连池

金黄芦苇，
白桦红颜绯。
十四火山锥绕水，
冬景五湖绝美。

酒泉八卦温泊，
皑皑白雪平波。
游客啧啧不已，
毫无岁月蹉跎。

936　浣溪沙·疑"京果海狗丸"广告

黄帝内经素问传，
三十甫过肾焉堪？
力推京果海狗丸。

广告疑团无奈起，
中医药典何时言？
那时人寿几多年？

　　13：19，G1224 次从德州东站开出，信手翻阅车上的《中国铁路旅游地理》2014年12月刊，读到"京果海狗丸"的广告，不禁对其促销策略之逻辑推演生疑。直到1949 年，中国人的初生儿预期寿命还不足 30 年，《黄帝内经·素问》刊行之际的国人寿命也长不到哪儿去。故"女 28 男 32 之后的肾不堪负"之说，言之凿凿，颇为有理、有力。而当今之世，国人均预期寿命早已超过 75 岁，再凭借此说，力促海狗丸之销售，恐怕就不那么有理、有力、有利了！

937　打酱油诗话

君乃八叉手，我无七步才。
枵腹辘辘转，诗话朵颐来。

938　天净沙·罪在哥伦布吗

追求荣耀黄金，
征服焉有福音？
虐待屠杀蹂躏，
指责怪罪，
冷了航海家心。

　　圣诞夜想起了西方列强的基督徒们在发现与征服新大陆过程中的凶暴残忍、罪恶滔天、罄竹难书，最后却把一切都怪罪于那个发现新大陆的探险家、航海家，即出生于一个热那亚富有家庭的克里斯托弗·哥伦布，这真的公平吗？（雅克·巴尔赞：《从黎明到衰落：西方文化生活五百年，1500年至今》，中信出版社2013年版，第106—110页）

939　清平乐·王安忆风格

抒情笔触，
淡泊温馨吐。
冷静同情凭栏处，
琐事居家叙述。

荒山之恋机缘，
小城宁静纯然。
信仰虚无不系，
全知回望心安。

940　王安忆《长恨歌》

老虎天窗沪弄堂，精雕乖巧晨雾茫。
屋被青瓦排细细，厨房后窗油垢香。

941　天净沙·遐想

老街小巷弄堂，
鸟鸣午后闺房。
少女孤独惆怅。
全知回望，
置腹推心渺茫。

942　王安忆《香港的情与爱》

即兴爵士杂忧伤，灯火情态涌岩浆。
喧闹幽静岁月逝，戏梦真情午夜长。

943　幽默理性哲思浸

脱口幽默中，文化大师传。
理性哲思浸，时光任变迁。

944 乘 G192 返津又见黑烟

冀鲁比邻处，墨烟浸漫开。
痛定不思改，潸然泪洗腮。

945 栖霞山

秦淮八艳色黯然，美绝依旧栖霞山。
卧龙伏虎丹凤舞，千佛崖首睹飞天。

946 栖霞寺

清凉含蓄风，温婉朦胧溶。
锦绣格雅趣，红雨梵呗声。

947 塔格里奥妮的首饰盒

冰封冷冽强盗袭，皑皑白雪展豹皮。
芭蕾女王独舞起，星空静默绝响兮。
真实故事浪漫去，大师装置呈传奇。
首饰盒子科内尔，隐喻塔格里奥妮。

阅读萧歌随笔《塔格里奥妮的首饰盒（装置艺术）——约瑟夫·科内尔》（《光明日报》2014 年 10 月 24 日 15 版），颇感新奇。又：台湾儿童文学泰斗林良倡导的"浅语艺术"非常值得我在旧体诗词曲创作中予以活用。

948　雪野断生机

美俄交界处，雪野断生机。
炼乳那么小，也充母女饥？

今天 QQ 发来 76 张"美国总统看完都哭了"的图片，图 33 的文字说明是"在俄罗斯与美国交界的蛮荒之地，气候恶劣。食物不足时，白熊会向人类求助。图为当地居民给饥饿的白熊妈妈提供炼乳，白熊宝宝忍不住抱住了这位叔叔。"

949　雄狮饥肠辘辘时

狮子饥饿极，吞噬羚羊雌。
残暴慑幼崽，母爱收养畸。
请问德维瑟，雄狮饥肠辘辘时……

今天 QQ 发来 76 张"美国总统看完都哭了！"的图片，我在看其中的不少照片时的确忍不住哭了！但看《非洲母狮吃掉母羚羊后"收养"小羚羊》的图 58 时没有，也不可能哭。

据称这是"摄影师阿德里·德维瑟在乌干达伊丽莎白女王国家公园游玩时，看到了惊奇的一幕"而拍摄的："一头饥饿的非洲母狮追赶并吃掉了一只母羚羊后，发现了一只变成孤儿的小羚羊，母爱本能战胜了杀戮天性，母狮子非但没有吃下这只小羚羊，还将它"收养"在了身边。（其实，动物和人很多时候是一样的，有些东西是迫不得已，例如饥饿人。可是野兽吃饱后会变温顺，人却继续贪婪。）"

是的，"野兽吃饱后会变温顺，人却继续贪婪"，但是，当野兽譬如这头"收养"了小羚羊的母狮子又饥肠辘辘了，她依旧能以母爱本能战胜它那杀戮的天性吗？我不信，因为毫无科学依据。

950　抑郁与自杀

思凡成功后，谢幕谢世急。
只缘抑郁症，痛苦不可医。

951　释迦牟尼

王子抑郁显，几度自杀提。
开悟菩提下，苦海普度及。

952　大浪淘沙瓦釜存

大浪淘沙瓦釜存，黄钟大吕何曾闻！
骚坛鼓噪混沌梦，非诗无韵怪散文。

953　儒家文化白鹭村

古镇儒风唐相孙，农夫一脉九百春。
文革浩劫缘何免，夫人祠里太夫人。

　　江西赣县白鹭村始建于南宋绍兴六年（1136年），其创始人农夫钟舆为唐朝名相钟绍京第十六代孙。钟舆后裔将其建成儒家文化荟萃之地，该村现存69座古祠堂，清朝道光年间嘉兴知府严崇俨之生母王太夫人祠是我国为数极少的女性祠堂之一。"文革"中，白鹭村古建筑遭到严重破坏，唯有王太夫人祠完好无损，当地居民对她的景仰抵御了那场政治浩劫。

954　康熙诗赞顾炎武

昆山落照润玉鲜，匹夫兴亡倡贻安。
康熙驻跸千灯镇，御笔赋诗颂前贤。

江苏省昆山市千灯镇距今已有二千五百多年的历史，是大思想家顾炎武的故乡。其名言"天下兴亡，匹夫有责"至今激励着中华儿女。其故居"贻安堂"大门前的一副对联就取自康熙南巡驻跸千灯古镇时写下的一首诗，充分表达了这位九五之尊对这位反清复明者的敬意。

955　马　语

蓦然驻足西风中，回首凝眸觅可听？
青鸟擦肩遥遥过，余音有似熟悉声。

读崔自默先生的中国画《回顾与前瞻》及其与梁若冰的晤谈《灵性线描中——崔自默画马晤谈》（《光明日报》2014年3月2日11版）之后。

956　形色味

红袍浓烈雀舌鲜，普洱苦丁回味甘。
无常短暂岁暮至，一盏白茶默默端。

957　释迦牟尼式生活方式

个人生活控制中，知足反省思索明。
他人外物莫倚赖，抛却欲望我纯清。

958　阿波罗式生活方式

积极融入社会中，理解鉴赏德美生。
愿望适度擅节制，过分万事不可行。

C.W.莫里斯在其《开放的自我》一书中，列举并且分析了13种不同的生活方式与价值类型。我认为其所论之后3种不及前10种清晰透彻，也没有恰当的命名，故只对前10种分别赋诗以记之。它们是：阿波罗式、释迦牟尼式、基督式、酒神式、穆罕默德式、普罗米修斯式、马特拉亚式、伊壁鸠鲁式、老庄式、古希腊斯多噶学派式。（"莫里斯的生活方式研究"可查阅张掌然、张大松：《思维训练》，华中理工大学出版社2000年版，第268页）

959　基督式生活方式

占有支配贪吝泅，性欲理智过分疯。
人当身心俱洁净，同情关爱别人生。

960　酒神式生活方式

感官狂放任享受，待人接物免纷纠。
容纳喜欢人物事，欢乐孤独携手游。

961　穆罕默德式生活方式

自我中心不可取，投身社会集团中。
不屈不挠献生命，快乐共享抵永生。

962　普罗米修斯式生活方式

生活趋向停滞生，人得持久冒险行。
解决难题惟科技，目标就在答案中。

963　马特拉亚式生活方式

时空有别生活别，生活目标三方决。
思考行动与享受，整体动力最适抉。

964　伊壁鸠鲁式生活方式

禁欲贪婪两偏颇，无忧无虑悠然歌。
质朴简单多快乐，有益身心享生活。

965　老庄式生活方式

虚静以待善接纳，屏气倾听自然声。
智慧悄然从外入，一切美好无为中。

966　斯多噶学派式生活方式

欲望诱惑莫屈从，理性三思而后行。
警惕勇敢自我控，人格独立尊严生。

967　此事可当真否

科尔特斯皮萨罗，战马吓坏墨西哥。
惊惧天神凡间落，刀剑鞘里响凯歌。

　　"欧洲文化发生变化的同时，新世界也在发生变化……美洲没有大牲畜，第一匹马是哥伦布带去的。（或许）大家还记得，科尔特斯的马（竟然）把墨西哥人吓坏了，以为入侵者是天神下凡。皮萨罗在攻打秘鲁的印加人时也占了同样的便宜。"（雅克·巴尔赞：《从黎明到衰落：西方文化生活五百年，1500年至今》，中信出版社2013年版，第111页）

968　天意怜幽草乎

天意缘何怜幽草，乡愁味道五味全。
人生暮年颇无奈，童稚至交几忘完。

969　清平乐·罗伯斯庇尔

昏天黑地，
议会出决议。
热月暴君遭背弃，
直下阿鼻地狱。

缘何清洗丹东，
激情转掊发疯。
信仰黄花昨日，
雾霾不透彤红。

970　读《乌合之众》（1）

成吉思汗提比略，欧洲罗马灾难烈。
欲问暴行终止时，必是斯人呜呼夜。

　　古斯塔夫·勒庞的《乌合之众——大众心理研究》是解析群体心理的经典名著，值得深入研读、认真思考。弗洛伊德的评价是"勒庞的大众心理研究是一本当之无愧的名著，他极为精致地描述了集体心态。"社会心理学家奥尔波特的评价是"在社会心理学领域已经写出的著作中，最有影响者，非勒庞的《乌合之众》莫属。"

971　读《乌合之众》（2）

推翻暴君政变风，鱼肠短剑血染红。
对抗罗马天主教，法国革命竟无功。

972　读《乌合之众》（3）

十字军中领袖多，信仰狂热数彼得。
耶路撒冷欲朝圣，土耳其人虐待挫。
衣衫褴褛赤脚走，意志坚定圣城夺。
又老又矮黝黑色，外表卑微擅言说。
寥寥数句轻轻语，嗜血火焰熊熊灼。

973　读《乌合之众》（4）

宗教野蛮荒诞极，惩罚子民悖逻辑。
莱布尼茨伽利略，天赋过人竟无疑。

974　天净沙·秀山甲滇南（1）

湖山烟雨朦胧，
扶疏古木长藤。
稚朴诗情翻涌，
英雄樵牧，
醉卧宜游居行。

975　天净沙·秀山甲滇南（2）

玉兰古柏香杉，
潇潇雨后青山。
吟赏烟霞变幻，
说说笑笑，
雅致幽深憩园。

976　苗乡味

苗寨酸汤回味鱼，鲜香可口滚豆鸡。
荞酥糯饭坨坨肉，味蕾夜夜酸爽颐。

977　苗乡情

雾霭氤氲梨花飞，青石小巷美味追。
苗女别样风情舞，寒梅馥郁醉心扉。

978 曲阳"老米"缸炉烧饼

漫步逛曲阳，风送异样香。
缘何香如此？老米出炉缸！

979 证实"生命起源天外来"极难

地上生命天外来，假说沉寂喧嚣开。
直接证据从未有，无非彗星携尘埃。

　　20世纪初，诺贝尔化学奖得主、瑞典科学家阿伦尼乌斯第一个提出地球生命天外来说。50年代，著名的苏联生命起源学者 A. I. 奥巴林提出："我们应该完全摒弃这种假说，即生命从外面某处飞到地球上来，而应该在地球范围内寻找生命的起源。"不过，在1961年和1978年美、英两国的科学家重提地球生命起源的天外来假说。尤其是在美国著名科学家、诺贝尔奖得主 H. 尤里和他的研究生 S. L. 米勒的科学研究成果面前，年届90岁高龄的奥巴林也转变成相信天外来假说了。只不过我觉得要想证实这一假说是极其艰难的。这次欧洲登陆彗星或许会有一点点进展？

980 后电子粒子物理学帝国主义

发现电子物理偏，痴迷纤细释宏观。
类星真空物质暗，层级涌现迥异天。

981 生命研究范式当变

基因发现非等闲，生命起源定了然。
翘首企盼六十载，多少皓首眼望穿。

982　西方主宰将多久

西方主宰将多久，此类大作此前有。
东西交替立鳌头，岸根卓郎著八九。

　　北京大学韩毓海教授为全球著名历史学家、斯坦福大学教授伊恩·莫里斯《西方将主宰多久：东方为什么会落后，西方为什么能崛起》一书写《推荐序》，写得极其热情洋溢，赞美难以复加。他劈头就断言："《西方将主宰多久》是一部前所未有的巨著。"诚然，伊恩·莫里斯教授的巨著很棒，韩毓海教授的《中华文明再次走向世界辉煌》这篇《推荐序》也充满了正能量。只不过日本著名学者岸根卓郎教授早在1989年春季就出版了巨著《文明论——文明兴衰的法则》。在那本"最终目的在于创造与西方科学历史观的文明论相区别的'新文明论'"中，岸根卓郎博士给出了"文明的法则——东西方文明二极对立型的周期交替"。他早已明确地预言"21世纪以后东方文明的承担者是中国文明，而且这一领先至少将持续到29世纪。在这期间，中国将创造出大文明。"（岸根卓郎：《文明论——文明兴衰的法则》，北京大学出版社1992年中文版）

983　生命有可能起源于碳纳米管中

生命起源赖模板，黄铁粘土假说争。
分子手征无从解，碳微管论逻辑通。

　　关于生命的起源，目前都倾向于认为：原始生命的产生得借助于某种固体模板。瓦克泰绍瑟（G. Wachtershauser）的黄铁矿表面的粘性薄膜模板理论和伯纳尔（J. D. Bernal）的粘土模板理论较有影响。但这两种理论（其实只是假说）都未涉及也解释不了生命大分子乃至氨基酸分子的手性起源问题。中国科学院上海原子核研究所的詹克明在上个世纪末就提出了一种具有明显优势的新假说：生命可能起源于碳纳米管中。（全文可参见赵玉芬、赵国辉主编的《生命的起源与进化》，科学技术文献出版社1999年版，第59—68页）

984　因陀罗

众神庇护者，勇武因陀罗。

呼吸动两界，大力撑天河。

惩恶疾烈猛，抚慰真诚播。

杀死达斯宇，血屠弗栗多。

攻城拔要塞，劈山浚大河。

宇宙为之抖，拂晓红日歌。

万民齐颂赞，圣饮纵情喝。

985　《梨俱吠陀》神似《天问》

远古灵魂好奇多，吠陀神似天问歌。

苏摩酒水诗人醉，中印智慧诗竞说。

　　阅读林语堂为《"梨俱吠陀"颂诗》所作之序言，始知"马克斯·马勒把《梨俱吠陀》（他将梨俱（梵文 rig）意译为'诗篇'，而吠陀（梵文 Veda）意译为'知识'，故将《梨俱吠陀》意译为《精神知识之歌》，叫做雅利安讲出第一个词。"《梨俱吠陀》有 10 卷，共有 1028 首颂诗。因此，我感觉《梨俱吠陀》神似屈原之《楚辞》，尤其是《天问》。由此看来，中、西、印文明之根俱植于诗篇啊！

986　BAUHAUS

婀娜创业美梦婷，鲍豪斯里新发型。

心身体验在何处，金城大厦入云层。

987　清平乐·佛陀降世

经书救世，
佛主王之子。
悲悯慧心无伦比，
光耀亚洲大地。

摩揭陀北星空，
光芒四射瑰红。
圣象六牙如玉，
充盈王后胎隆。

入住北京国润商务看到一本林语堂的《中国印度之智慧——印度的智慧》。翻阅有感。

988　清平乐·裴艳玲

飘忽如影，
虚构真实梦。
热土故园朦胧境，
嫁妹钟馗凄冷。

林冲雪夜苍凉，
梨园九岁扛梁。
磨砺山崩海啸，
戏魂内里深藏。

989　里尔克的《豹》

我看铁栏后，虚空实无有。
脚步强有力，铁栏不尽走。
目光渐疲惫，蹒跚进老朽。
山林猛然绿，心里化乌有。

990　老子忠告

函谷关前五千说，尔等疏解汗漫多。
我乃脱身智慧语，诸君切莫自菲薄。

991　短歌行·如烟似梦

星稀月寒，茶品酒酣。斗室独榻，忆旧瞻前。
杏眼神漾，栗发飘然。樱唇微颤，气息缠绵。
秀峰对峙，幽谷滋兰。平川润脂，滑柔光鲜。
茂林修草，蕊红花妍。挺拔玉树，溪泉潺潺。
俯仰上下，耸立曲弯。前后行止，遍历其间。
癫痴迷醉，歃血对天：神游九域，不弃巫山。

　　四年前的中日韩三国东亚和平论坛会议对和平的热情赞颂依然在耳，可政治风云突变，日本的安倍右转了。这次参加韩国全州的中日韩会议，与韩国学者交换的名片已经实现了"去汉化"，汉城改为首尔，大街上几乎找不到汉字了。看来，国与国之间，只有国家利益，热恋真的如烟似梦啊！

992　短歌行·超越难

霜染层峦，雨洗枯荷。霞飞友至，笑烹松萝。
茶杯捧举，席地石桌。野蔬佳酿，瘦兔肥鹅。
三巡过后，两颊微酡。迎风起舞，引吭放歌。
滔滔宏论，捭阖山河。废黜暴力，制约帝国。
互利长存，争端弥多。巨舟共济，樯橹脆薄。
巍巍大任，前路坎坷。钓鱼独岛，虎鲨掀波。
问题尖锐，良策为何？酒醒顿知，沉醉空说。

此《短歌行》是我在韩国参加第三届东亚和平论坛闭幕会上的告别语。

993　短歌行·白羊

高铁北上，飞向沈阳。驶过滨海，绿野茫茫。
凝神远眺，恍若白羊。尽情跳跃，止步津梁。
咩咩声逝，我心苍凉。燕赵旧地，春秋煌煌。
胡服骑射，一代雄强。悲歌易水，赴死激昂。
挥鞭魏武，碣石永光。渔阳鼙鼓，转捩盛唐。
有宋以降，懦弱集藏。悠悠千载，雄关草黄。
大国赫赫，失却泱泱。鸦片甲午，列强嚣张。
厚颜无耻，裂土分疆。百年耻雪，建设小康。
叵奈小岛，军备扶桑。喧嚣鼓噪，欲盖弥彰。
奋发在即，强我武装。还以牙血，捍我家乡。
神威重振，掷地铿锵。愿我赤县，鹰翱鱼翔。

994　短歌行·静夜思

兰卡夜半，乌鸟蔽天。可是时差，辗转无眠？
道场灵动，佛经透穿。追忆昔往，情重泰山。
我师坎坷，笃志弥坚。教诲我辈，雨润心田。
论文方向，理论深艰。契合实际，缜密活鲜。
过程掌控，入扣紧严。深究折旧，慧勇攀翻。
学有创见，放我过关。评委不苟，有赞连连。
我师欣慰，我心略安。获取学位，倏忽卅年。
恩师驾鹤，我在云南。终身遗憾，永隔仙凡。
昨夜佛境，一梦师颜。音容笑貌，耳畔眼前。
今日街角，礼拜佛龛。心香一缕，天堂人间。

995　短歌行·恩师

我的恩师，王氏亚强。为民疾苦，横渡大洋。
筚路蓝缕，刺骨悬梁。十载面壁，一朝破墙。
哥伦比亚，翘楚煌煌。华夏呼唤，勇毅返乡。
金陵执教，哺育芬芳。廿八教授，展翅翱翔。
台湾不去，热盼曙光。拥抱民主，科学兴昌。
院系调整，北上北洋。政治学撤，英语驰疆。
引蛇出洞，不语心伤。浩劫惊愕，清扫茅房。
老骥伏枥，怅惘迷茫。改革开放，耄耋奔忙。
教鞭抖抖，巍巍课堂。育我学子，后浪前芒。
德高望重，古道热肠。方法独特，赓续播扬。
先生不弃，我得登堂。无奈愚钝，不显不彰。
酡颜愧对，间或轻狂。兰卡佛地，袅袅敬香。

996　短歌行·说出心里的痛和爱

人已古稀，图个清闲。非常岁月，坎坷童年。
说法多样，蹇塞坊间。云遮雾罩，不怨报刊。
视听我正，不惮弱肩。挑战自我，决死时间。
无愧历史，秉笔直言。血痕撕裂，再撒粗盐。
直面苦难，淋漓畅酣。林林总总，点点涓涓。
清清楚楚，苦辣酸咸。一生颠沛，坐井观天。
寡闻孤陋，亲历真鲜。红色意象，梦境绵绵。

读鲁迅文学奖得主贺捷生《说出心里的痛和爱》抒怀。

997　短歌行·天籁绵绵

雪原云卷，林海峰峦。苍穹大漠，旷野湖瀚。
无尽壮丽，何等靓鲜。撼心动魄，意绪万千。
色彩诡异，莫测玄玄。线条大气，澎湃魔旋。
过目数日，热血波澜。美哉造化，鬼斧非凡。
切忌无畏，浪言胜天。奇点暴炸，宇宙斑斓。
人归何处，孰能一言？莫再执拗，转捩或安。
无为而治，尊崇自然。淡泊宁静，心泉潺潺。
发展经济，低碳循环。代际公正，持续年年。
穷乡僻壤，旧貌新颜。红尘闹市，树绿天蓝。
山青水秀，万物欣欢。和谐宇宙，天籁绵绵！

998　短歌行·不才

小子不才，幸逢众卿。恩泽多被，铭记心中。
青春已逝，赧颜匮功。推杯换盏，奔波浮生。
浮生若梦，回视无踪。茶凉酒冷，笑谈苦衷。
道路难易，旨趣殊同。德言未立，转轨移风。
一纸笔墨，短歌骚鸣。不恭不敏，拖累诸兄。
就此揖过，独木笃行。恭祝诸位，财运顺通。

999　短歌行·偶聚

老友偶遇，举杯小酌。别来廿载，人生若何？
与君相比，几无可说。油盐肉米，坎坷蹉跎。
烦恼如絮，潇洒无多。讲台三尺，喋喋婆婆。
百舸半世，屡败屡搏。闻鸡而起，乏善奔波。
教材几本，杜绝临摹。阅字千万，指导硕博。
论文秉笔，不敢偏颇。煌煌巨著，天壤之隔。
而今老矣，两鬓斑驳。时焉待我，清谈误国。
跬步不舍，驽马攀坡。一聚有散，难得再喝。
借君美酒，不才献佛。后会不问，一曲短歌。

图书在版编目（CIP）数据

赵国杰诗词集 / 赵国杰 著 .–北京：东方出版社，2015.12
ISBN 978-7-5060-8524-3

I. ①赵…　II. ①赵…　III. ①诗词–作品集–中国–当代　IV. ① I227

中国版本图书馆 CIP 数据核字（2015）第 244694 号

赵国杰诗词集
（ZHAOGUOJIE SHICI JI）

作　　者：赵国杰
责任编辑：马长虹
封面设计：徐　晖
版式设计：安宏川
出　　版：东方出版社
发　　行：人民东方出版传媒有限公司
地　　址：北京市东城区朝阳门内大街 166 号
邮政编码：100706
印　　刷：北京龙之冉印务有限公司
版　　次：2015 年 12 月第 1 版
印　　次：2015 年 12 月北京第 1 次印刷
印　　数：0 001–3 000 册
开　　本：710 毫米 ×1000 毫米 1/16
印　　张：20.75
字　　数：320 千字
书　　号：ISBN 978-7-5060-8524-3
定　　价：48.00 元
发行电话：（010）64258117　64258115　64258112